ファン文庫

吸血鬼にご用心

著　桜川ヒロ

マイナビ出版

Beware
of
vampires

CONTENTS

吸血鬼にご用心
きゅうけつきにごようじん
Beware of vampires
桜川ヒロ
Hiro Sakurakawa

―― プロローグ ――

《その夜、私は三つの間違いを犯した》

煌々と輝くビル群を眼下に望む、歴史ある高台の高級住宅街。喧噪から切り離された閑静なその場所は、美食家な私の狩り場としてちょうど良かった。こういうところに住む人間は、いいものを食べて、よく動き、よく眠り。日々を健康的に過ごしている。

その中でも一際大きな屋敷に、焦点を絞る。高台の一番てっぺんにある、大きな洋館だ。化粧レンガやタイル張りの施された重厚な外壁に、仰々しくせり出した車寄せ。高々と伸びる四角錐の尖塔（せんとう）は異国情緒を醸し出し、アーチを描くエントランスは、まるでくぐる者を選別するかのような気品に溢れている。

そんな歴史ある豪邸のベランダからはオレンジ色の光が溢れていた。そして、光の中で佇む、一人の若い女性。

――唇は自然に弧を描いた。

私は軽いステップで屋根を蹴る。ふわりと宙を舞う身体に、自身が少し興奮していることを知る。まぁ、無理もない。久々の狩りなのだ。人間よりもうんと長い時間を生きる私たちには、食事ぐらいしか楽しみがない。狩りぐらいしか面白いことがない。

しかし、そんな興奮はひた隠し、私は彼女の前に音もなく降り立った。

そして、折り目正しく、丁重に、恭しく(うやうや)お辞儀をする。

「こんばんは、お嬢さん」

女性がこちらを見る。

その時、私は自身が犯してしまった一つ目の間違いに気がついた。

《一、ベランダに佇む人間を女性だと勘違いしてしまったこと》

「へ？　アンタ誰？　……今、飛んできたよな？」

《二、誤ってその人間に〝契約〟を持ちかけてしまったこと》

「血を提供する代わりに、なんでも願いを？　面白い冗談を言うんだな。お前」

《三、彼の願いを、面白いと思ってしまったこと》

「それじゃ、俺は〝名探偵〟になりたいな。起きた事件も、まだ起きてない事件も、全部解決できるような〝名探偵〟にさ」

私は今でも後悔をしている。

なんて、面倒で、危なくて、割の合わないことを、引き受けてしまったのだろうかと。

第一章　吸血鬼×契約×エリザベート・バートリー

1

大都会の隣にある、ベッドタウン。

熱釜市を指すにはそれが一番適切な言葉だろう。

乗り入れ路線が多く、駅周辺には百貨店やファッションビルなどの大型商業施設が多数立ち並ぶ。人口が多い分、たくさんの教育機関があり、それ故に、美術館や博物館、図書館といった文化施設も数多く点在している。都会の隣にあるにもかかわらず、緑は豊か。大きな公園も複数存在しており、地価的には決して安くはないものの、『住みたい街ランキング』では、常に上位を争っているエリアだ。

そんな熱釜市の台地には、低地の住宅街とは一線を画す、高級住宅街がある。その高級住宅街の中でも一際大きな洋館。そこに住んでいるのが、かつてこの一帯を取り仕切っていた花京院家の一族だ。明治十七年の華族令発布により、一度は侯爵の爵位を授与されたその一族は、全盛期には百人をも超える使用人を抱え、栄華を極めたという。

しかし、それも今や昔の話。

現在、その屋敷に住んでいるのは、一人の使用人と、一人の大学生だけであった。

「健吾（けんご）、起きてください。もう八時半になりますよ」

「んー、あとちょっと……」

無駄にクッションが乗ったキングサイズのベッドの上で、花京院家の現当主、花京院健吾は自分を叱る声から逃れるように布団をかぶった。ベッドの隣で仁王立ちになっているのは、執事姿の男・烏丸怪（からすまかい）である。

通った鼻筋に、切れ長の目。細身の燕尾服をさらりと着こなせるぐらいには手足も長く、身長も高い。髪はきっちりと七三に分けているが野暮ったい印象などはなく、むしろ彼の近寄りがたい空気とよく馴染み、洗練された雰囲気を醸し出していた。銀縁眼鏡の奥に覗く目は涼やかで、見た目の年齢は三十に届くか届かないか。女性にも……まぁよくモテそうである。

そんな烏丸は、半年ほど前から花京院家に雇われて執事をしている。

――と表向きにはなっていた。

「あとちょっと……、じゃありません！　早寝早起きは健康の基本ですよ。ただでさえ昨夜は、洋画ドラマが見たいとか言って、遅くまで起きていたのですから。朝ぐらいはちゃんと――」

「烏丸、うるさい……」

健吾は布団の中で丸くなる。そんな彼に、烏丸は鼻息を荒くした。

「人が懇切丁寧に起こしに来てあげているというのに、なんですかその態度！　毎日毎日、よくもまぁ、そんなだらしない生活が送れますね」

「だらしない、って言うほどじゃないだろ。それに昨日は四時まで起きてたんだから、もうちょっとぐらい……ふぁ」

「四時⁉　四時ってまさか、午前四時ですか⁉　日付が変わるまでには、部屋に行きましたよね⁉」と烏丸はヒステリックな声を出す。

するとと、健吾は布団から顔を覗かせ、苦笑いを浮かべた。

「いやぁ、どぉーしてもドラマの続きが気になっちゃって。夜こっそり、な？」

「な？　じゃありません！　睡眠不足は生活習慣病の温床ですよ。免疫機能が低下し、肥満にだってなりやすくなる。正直、あなたがどうなろうと知ったこっちゃありませんがね！　そんな血を飲む私の気持ちにもなってみてください‼　私はゲテモノなんて好きじゃありませんからね」

「……人の血を『ゲテモノ』呼ばわりするなよ」

以上の会話からわかるように、烏丸怪は吸血鬼である。

そう。あの『人の生き血を啜る、伝説上の恐ろしい化け物』だ。しかし、彼は『人を襲い、無理矢理血を飲む』タイプの吸血鬼ではなく、『願いを叶える代わりに、血を提供してもらう』というタイプの善良な（？）吸血鬼だという。

そんな彼と健吾が契約したのは、半年前。

以降、烏丸は花京院家の現当主である健吾の側にいるため、健吾の体調を管理するため、執事のまねごとをするようになった。いや、書類の上では決してまねごとではないのだが、態度の上では限りなくまねごとだ。健吾の父の代わりに財産や屋敷を管理している叔父の前や、他人の目があるところでは恭しく接してくるが、いざ人の目がなくなると彼は健吾を敬いもしなければ、言うことを聞いたりもしない。

なぜなら、『美味な血液は、健全な肉体に宿る』をモットーに掲げる、自称・吸血鬼界きっての美食家である烏丸は、健吾自身よりも彼の体調管理を何よりも優先するからだ。

だから、こういうことも平気でやってのける――

「起きないということでしたら、そろそろ実力行使に入りますね」

こめかみに青筋を立てながら指を鳴らす烏丸に、健吾は「あーもー！　わかった！　わかった！　起きるからちょっと待てって！」と、観念したように布団から這い出る。そして、ベッドの端に力なく座った。それを見て、烏丸は満足げに頷く。

「最初からそうやって素直に従ってればいいんですよ。ってことで、小食堂の方に朝食を用意しています。冷めてしまう前に下りてきてくださいね」

「はーい」

健吾は踵（きびす）を返した烏丸に、そう間延びした返事をした。そして、あくびをかみ殺す。両腕を上げて背伸びをすれば、ボキボキと音が鳴った。

（ったく、烏丸のやつ。春休み中なんだから、もうちょっと寝かせてくれてもいいのに……）

その時、サイドテーブルに置いてある、卓上カレンダーに目がいった。今日は確か……。

（さんがつ、ついたち。三月、ついたち。三月一日!?）

健吾は驚きのあまりベッドから立ち上がった。そして時計も確認し、着替えを始める。

いきなり背後でバタバタし始めた彼を、烏丸は怪訝な顔で振り返った。

「健吾、そんなに急がなくてもスープは温め直しますよ」

「ごめん、烏丸。朝ご飯いらない！」

「は？」

着替え終えた健吾は用意してあったリュックを背負う。そして、姿見でささっと自身を確認し、寝癖を整えた。

「今日、追試だった！　しかも一限目から！」

「あ、ちょっと！」

烏丸の脇をすり抜けるようにして、健吾は部屋を飛び出した。赤い絨毯（じゅうたん）が敷いてある廊下を走り、階段を下ることなくジャンプで飛び降りる。ごろりと床を一回転するように着地した彼は、階段の上で怒りに震える烏丸を振り返った。そして、手を合わせる。

「本当に悪い、烏丸！　夕飯はちゃんと食べるから！」

「当たり前です！　よくもまぁ、私の目の前で朝食を抜くなんて暴挙を――――！」

「んじゃ！」

まだお小言を言い足りない彼に片手を上げて、健吾は屋敷を飛び出した。

近道にと公園のフェンスを乗り越えて、身長の二倍ほどの段差をいくつも飛び降り、階段の手すりを滑り台のように使い……そして腕時計を見る。

八時三十五分。やばい。このままでは間に合わない。

健吾の通う大学の講義は八時四十五分からだ。つまり、残された時間は十分である。

「こうなったら……」

健吾は近くに建っているマンションのベルメゾン熱釜の階段を駆け上がり、四階の手すりに足をかける。そして、ためらうことなく跳躍した。

「――っ！」

健吾は側にあった三階建てのマンションの屋根に見事着地すると、そのまま屋根伝いに走り出す。フェンスの上を歩き、壁をよじ登り、建物から建物へぴょんぴょんとまるでウサギのように移動した。

「ぎりぎり間に合うかな」

大学が眼前に見え、健吾はそう零した。少し余裕が出てきたからか、ポケットのスマホが鳴っていることにもようやく気がつく。

健吾は走りながらスマホを確かめる。すると、着信が十五件も来ていた。教授からの連絡だと思いすぐさま発信者を調べると、それらの発信者は全て『烏丸怪』となっていた。

教授からの連絡でないことには安心したが、これはこれで面倒な事態である。

「烏丸のやつ、相当怒ってるなぁ。まぁ、今日のは俺が悪いけどさ」

着信履歴が並ぶスマホを見ながら、健吾は苦笑いを浮かべた。

烏丸が現われたのは半年前。健吾の十九回目の誕生日パーティーが行われていた日だった。主役であるはずの彼は、弟の誕生日だから、と帰省してきた三人の姉から『誕生日祝い』と称して、なぜか無理矢理女装させられており、その姿を烏丸は本物の女性だと勘違いしたようだった。

「なんで女装なんてしているんですか？　紛らわしい……」

「こんばんは、お嬢さん」と優しく声をかけてきた直後に、険を含んだ声でこう言われたものだから、健吾もむっとして「警察呼ぶぞ、泥棒」と返したのが最初だった。

当初、健吾は烏丸の言う『吸血鬼』を信じてなんていなかった。ただ、最近の泥棒は面白い冗談も言うんだな……と思っていたぐらいだ。だから彼に願った『名探偵になりたい』という願いも半分は冗談だった。

……まぁ裏を返せば、半分は本当だったわけなのだが。

別に健吾は、名探偵に並々ならぬ憧れを抱いていたわけではない。彼がそう願ったのは、そう願わざるを得ない理由があったからだ。それは――

トゥルルル……

再びかかってきた電話の終話ボタンを押し、健吾は左右の壁に飛び移るようにしながら三階建てのマンションを下りる。あとは複雑に入り組んだ路地を突っ切れば大学にたどり着く……のだが、その手前で健吾はとあるモノを発見した。

人があまり立ち入らないだろう路地に若い女性が倒れている。頭から血を流し、仰向けになっている彼女は、もうどこからどう見ても事切れていた。側にあるのは彼女の命を奪っただろう酒の一升瓶。そして、首元には、何かに噛まれたような二つの穴があった。

自然死ではない。どこからどう見ても、不審死だ。

つまり、健吾が見つけたのは、殺人事件の遺体である。

「うわ。また……」

普通なら悲鳴を上げるか腰を抜かすところで、健吾が頭を抱えたときだ。背後で、ガチャン、と自転車を倒したような音が聞こえた。振り返ると、ここら辺に住んでいるだろう中年の女性が、彼の代わりに腰を抜かしているところだった。側には案の定、倒れている自転車。彼女は震える指で横たわる遺体を指し「な、なにそれ」と健吾に問う。

「なにそれ、って、死体ですね」

「もしかしてアンタが……」

「あ、俺は犯人じゃ――」

「きゃあぁあああぁあぁ！」

話を最後まで聞くことなく、中年の女性はまるで警報器のような悲鳴を上げた。その声に「なんだ？」「どうした？」と野次馬が集まってくる。

「遺体があるって本当か!?」

「誰が死んだんだよ！」

「あ、あの！　近くに寄らない方がいいです。あとから来る鑑識さんの妨げになるので」

遺体を見ようと近づいてきた男性を、健吾はそう腕を広げて止める。すると遺体に近づこうとした男は、遺体ではなく健吾を見て怪訝な顔をした。

「いや。なんでお前、そんなに冷静なんだよ」

「それは――」

これで殺人事件現場に居合わせるのが、通算十七回目だから……とはとても言えない。


そう、健吾は――いや、花京院家は、呪われているのだ。


健吾はこれまでに十九回の誘拐を経験し、五十三回の傷害現場に居合わせ、十六回の殺人現場を渡り歩き、二回のテロ現場に遭遇している。まるで小説や漫画やアニメやドラマに出てくる名探偵のように、彼の側には常に事件の影が寄り添っている。

今日追試を受ける羽目になったのだって、予定されていた定期試験の日に、たまたま乗っていたバスがバスジャックに遭い、試験を受けられなかったからだ。

この呪いは、花京院家当主に代々受け継がれているモノで、彼の父親も祖父も曾祖父も同じような体質だった。ちなみに、この体質が受け継がれるのは花京院家の長男のみで、三人いる健吾の姉はみんな呪いとは無関係な生活を送っている。大変羨ましい限りだ。

だから健吾は、烏丸に『名探偵になりたい』と願ったのだ。

名探偵になれば、自分の身に降りかかる災厄と渡り合える。〝名探偵〟にこちらが帳尻を合わせにいける。そう、安易に、安直に、楽観的に考えたのだ。半年前の彼は――

手の中にあるスマホが鳴る。健吾は発信者の名前を見ることなく、その電話を取った。

耳を刺すのは、今朝自分を起こした声である。

「やっと出ましたね、健吾！　いい加減にしないと――」

「烏丸、悪い」

「……はい？」

「殺人事件だ」

一拍置いて、烏丸の気配が笑む。

そして彼は、先ほどまでの怒りをまったく感じさせないような穏やかな声を響かせた。

「わかりました、今すぐお迎えに上がります。健吾〝様〟」

とってつけたような〝様〟が、やっぱり笑んでいた。

2

吸血鬼が出るらしい。

そんな噂がまことしやかに囁かれる熱釜市の熱釜中央署に配属された、初日。

黒木杏は刑事になって最大の危機を迎えていた。

「えっと、長巻課長。もう一度、伺ってもよろしいでしょうか？」

「だーかーら！　お前は本日付で『花京院付き』に配属になったの」

「かきょう、いん……づき？」

聞き慣れない単語に、黒木は笑みを貼り付けたまま首をひねった。熱釜中央署の組織図を頭の中で思い起こしてみるが、刑事課にそんな部署なんて存在しないはずである。

「なんですかそれ？」

「詳しいことは上条さんから聞け。……ってことで、各班に分かれて捜査会議を始めるぞ！」

追い払うような仕草をした後、長巻は黒木に背を向けたまま署員を集める。昨夜までその一員になれると思い込んでいた黒木は、慌てた様子で長巻の腕に縋り付いた。

「ちょ、ちょ、ちょっと待ってください！　意味がわからないんですが！『花京院付き』ってなんですか？　上条さんから聞け、って。私、今日ここに配属されたばかりなんで、もうちょっと説明していただかないと……」

「花京院家は呪われてるんだよ」

混乱した黒木の問いに答えたのは、長巻ではなかった。振り返ると、背の高い男性刑事がいる。たしか名前は、馬越洋明。階級は巡査だ。

「花京院家って知ってるか？　元はここら辺の大地主で、華族だった家なんだけどさ」

「まぁ、名前だけなら……」

ここに赴任してくる際、管轄になる地域の地図はある程度頭に入れてきた。高台の高級住宅街にある一際大きな屋敷が、たしか『花京院家』だったはずである。

「ま。今は、普通よりちょっと金持ちの家って感じなんだけどな。で、ここからが本題なんだが。実はそこの当主、代々呪われてるんだよ」

「の、呪い!?」

思いも寄らぬ単語に、黒木はひっくり返った声を上げた。馬越は堂々と頷く。

「あぁ。あの家の当主は、なぜか昔っからよく犯罪に巻き込まれるんだよ。それこそ、フィクションの中の名探偵みたいにな！　殺人現場にまで居合わせることもある。んで、あまりにも事件に遭うから、うちの課で専門の人間を一人だけ出すことにしてんだよ。ただ、今担当している上条さんが今月定年で――」

「もー、なんなんですか、そのオカルトチックな話！　もしかして私、馬鹿にされてます？」

あまりにもわけのわからないことを言われるので、黒木はつい声を荒らげてしまう。

しかし、そんな後輩の失礼な態度にも馬越は気分を害さず話を続けた。

「いやいや、これがマジなんだって！　現当主とされているのは、十九歳の青年なんだけど、前当主である父親は、事件に巻き込まれて行方不明だって話で……」

「あ、俺もそれ知ってます！」

そう言って手を上げるのは、一緒に赴任してきた鹿野芳春巡査だ。こっちは黒木とは違い、強行犯係に無事着任した。経歴としては二年ほど先輩だが、どうにもチャラチャラしていて尊敬しにくい先輩である。

鹿野は興味津々といった顔で、馬越にかぶりついた。

「なんか、連続殺人事件の犯人逮捕直後にいなくなったとかって……」

「そうそう！　お前、よく知ってるな」

「当時僕、近くに住んでて！」

話が盛り上がりかけたその時、「二人とも、そのぐらいにしとけ」と穏やかだが、強い声が黒木の背後から飛んでくる。振り返れば、白髪交じりの、いかにも〝たたき上げの刑事です〟といった風貌の男がこちらに歩いてくるところだった。眼鏡の奥にある目は細まっていて、口も弧を描いている。いい人そうではあるが、ちょっと怖い。

その人物を見て、長巻が口を尖らせる。

「上条さん。どこ行ってたんですか！　今日は新人さんが入るって言ってましたよね！」

「あー、便所だ便所。遅れたのは悪かったよ」

「そんなこと言って！　あんまりサボるようなら、こっちにだって考えがありますからね」

「悪かったって」

上条の方が年上だからか、長巻はプリプリ怒りながらも敬語は崩さない。

それから刑事課の部屋で各係の捜査会議が始まった。しかし、どこにも入ることができない黒木は、前の職場から持ってきた段ボール箱を持ったまま、ぽつんと一人、その光景を見守ることしかできない。

黒木の頭には、先ほどの馬越の話がぐるぐる渦巻いていた。

（呪い？　担当の署に部署ができるほど事件に遭いやすい人間？　そんな話、聞いたことない。……もしかしてこれって、体(てい)のいい左遷(させん)なんじゃ）

黒木は絶望感にめまいを起こす。

女性の刑事が増えたとはいえ、刑事課はまだ男性の職場だ。キツイ、キタナイ、キケンの3K職種なのは言うまでもなく、日夜、凶悪犯を追う警察の仕事は肉体労働と言っても過言ではない。その上、いざ凶悪事件が発生したら、家に何日も帰れないなんてこともザラ。

それでも黒木は己の正義を貫くため、女性の身で誰よりも頑張ってきたというのに……。

（こんなところで左遷だなんて……）

そう俯いたときだ。ふと横から影が差した。

顔を上げれば、電子タバコを咥えた上条がこちらを見下ろしている。

「まぁ、そんなに落ち込まなくて大丈夫だ。……直に連絡が来る」

彼がそう言った瞬間、刑事課の電話が鳴った。それを男性署員が取り、内容を長巻へ伝える。そして長巻がこちらに向かって声を上げた。

「おい、黒木！　初仕事だぞ」

「え？」

「殺人事件だ」

3

「被害者は八條七海、二十一歳。熱釜大学の三年生。死因は頭を鈍器のようなもので殴打されたことによる脳挫傷。死亡推定時刻は昨夜の八時から十一時で、凶器は地面に転がっていた一升瓶とみられています。首元の二つの穴に関しては鑑識で調べている最中ですが、死因との直接的な関係はなさそうです。なお、最近起こっていた連続通り魔事件との関連は不明。しかしながら状況の類似点が多いので同一犯の可能性が非常に高いと思われます」

現場に着いた途端、先に来ていた鑑識の女性によどみなくそう説明を受けた。

場所は熱釜大学近くの路地裏。第一発見者は、例の花京院家の現当主らしい。

殺人現場に足を踏み入れた黒木は、遺体に手を合わせたあと、状態を確かめる。首元を見れば、先ほど受けた説明どおりに二つの穴があった。

熱釜市ではここ最近、連続通り魔事件が発生していた。被害者は全員若い女性で、犯行内容は〝背後から頭を鈍器のようなもので殴られる〟というものだった。被害に遭った女性はいずれも気絶しており、起きたときには必ず首に針で刺されたような小さな穴が二つ空いているらしい。その穴が吸血鬼の噛み痕のように見えることから、この通り魔事件は通称『吸血鬼事件』と呼ばれていた。

最近熱釜市に、吸血鬼が現われる、という噂が流れているのも、この事件が原因である。

黒木は他の被害者たちの資料と八條七海の状況を見比べる。薄暗い路地で襲われたところや、首の痕もそっくりそのまま一緒だ。つまり、いつもは気絶させ、首にちょっと痕をつけるだけで終わらせる犯人が、今回は勢い余って被害者を殺してしまったということだろうか。

（それとも本当に吸血鬼が——）

「吸血鬼なんていませんよ」

心を読んだかのような声に、黒木は耳を押さえながら飛び上がる。「だ、誰ですか⁉」と声をひっくり返らせながら振り返ると、燕尾服の妙に顔の整った男が唇を引き上げていた。しかも、彼はなぜか雨も降っていないのに黒い傘を差している。

あれは、……日傘だろうか。

その男の前に、人の好さそうな青年が躍り出てくる。

「ちょっと、烏丸！　なんでわざわざ人を驚かすんだよ！　すみません。なんかコイツ、人を驚かすのが趣味みたいなところがありまして……」

「そんな趣味はありませんよ？」

「でも現に驚かしてるから！　お前は毎回、誰かしらを驚かせて登場しているから!!」

烏丸と呼ばれた男は「そうですか？」と首をひねっていた。その表情からは感情が読み取れない。なんというか、すごくうさんくさい……。

そうしていると「黒木、紹介が遅れたな」と、到着した上条が片手を上げながらこちらに歩いてくる。そして、上条は手のひらで青年の方を指した。

「こっちが大学生の花京院健吾くん。うちのお得意さんだ」

「上条さん。警察のお得意さん、って全然嬉しくない響きですよ」

「まぁでも、本当にお得意さんだからな」と上条は笑う。そして、健吾に向けていた手を今度は隣の燕尾服の男に向けた。

「んで、こっちが烏丸さん。花京院家で執事をしているらしい」

「烏丸、と気軽に呼んでいただいて結構ですよ」

「はぁ……」と、黒木は気の抜けた生返事をする。この怪しい執事を引き連れた、どこにでもいそうな平凡な大学生が、熱釜中央署に専門の部署を作ってしまうほど事件に遭遇するお坊ちゃまらしい。

紹介を受けた黒木は、はっと何かに気がついたように顔を跳ね上げた。

「それはいいとして！　なんでこの人たちが事件現場にいるんですか！」

「えっと、それは第一発見者なので……？」

「だとしても、事件現場に勝手に入ってきてもらっては困ります！　鑑識の作業が終わってるとはいえ、初動捜査はまだ――」

「黒木、この人たちはいいんだ」

そう言って後ろから現われたのは、長巻だった。いつもは会議室で指示を飛ばすことに徹底している彼だが、凶悪事件ということで出張ってきたらしい。

「長巻課長、『この人たちはいい』ってどういうことですか？　彼らは刑事じゃ……」

「彼らには時折、捜査に協力してもらっているんだ」

声を潜めながらそう言われ、黒木は「はあぁぁぁ!?」と大声を上げた。その声に、周りの警察官が一斉に黒木を見る。しかし、長巻が「こっちはいいから、各々の仕事をしろ！」と吠えると、すぐに興味を失ったかのようにみんなそれぞれの仕事へ戻っていった。

「どういうことですか!?　一般人に捜査を協力してもらうって。たしかに、専門的な分野に突出した犯罪では、民間人に捜査協力をお願いすることもありますが。彼ら、どこからどう見ても専門家じゃありませんよね？」

「えっと、それはな……」

「半年前に起こった『八方(はっぽう)議員誘拐事件』と『熱釜マラソン・テロ未遂事件』はご存じですか？」

それは烏丸と呼ばれている、あの怪しい執事の声だった。黒木はしっかりと頷く。

「ええ、もちろんです！　全国的に賞賛された、あの奇跡の捜査ですよね？　普通の警察署なら見逃してしまうだろう小さな証拠をたどって事件を解決に導いたって噂の、あの！」

それはテレビでも大々的に報道された事件だった。ほとんど同時期に、続けざまに熱釜中央署管内で起こった重大事件である。

普段はメディアにバッシングされがちな警察官という職業だが、その時ばかりは『非の打ち所のない捜査』『十手先を読む優秀な捜査官たち』『あまりにも息の合った連係プレー』と手放しでみんな褒め称えていた。

黒木の見立てでもあと三十年は語り継がれる有名な二大事件である。それぐらい圧倒的で素早い解決劇だったのだ。

「はい、そうです。で、アレを解決に導いたのが、ここにいる健吾様なのです」

今度は声を上げなかった。すんでの所で口に蓋をして叫び声を飲み込む。周りを見れば、上条も長巻も、彼の言葉を肯定するようにしっかりと頷いていた。

「両日とも、健吾様は偶然、その場に居合わせ。偶然、犯人と遭遇し。偶然、証拠を掴み。そして、警察が逃しかけた犯人を、見事な推理で捕まえてみせました。そういった経緯があり、私たちは特に……健吾様が関わった事件の捜査をご一緒しております」

さらりと告げられた一大ニュースに、黒木は長巻に齧りつく。

「これ、本当なんですか？　私、何も聞いてないですけど！　テレビだって、新聞だって、ぜーんぶ、熱釜中央署の手柄だって！」

「民間人にあんな重大事件を解決してもらっただなんて、そんなこと発表できるわけないだろう！　そんなこと発表した瞬間に『警察は何をしてたんだ！』やら『一般人に手助けしてもらうなんて、草』やら、ばんばんネットに書き込まれるぞ！」

「ですが！」

「最近は警察官もイメージが大切なんだ！　マスコミのやつがそう信じてるのならそれでいいだろう？　あいつら手のひらを返すのだけは抜群にうまいんだからな！」

なおも言いつのろうとする黒木の首に、長巻は腕を回した。そして、声を潜める。

「とにかく、上がいいって言ってるんだからいいんだよ！」

「だからなんで、いいって話になるんですか⁉　彼ら、事件に遭いやすいだけの、ただの民間人ですよね⁉」

「私もよく知らないが、うちの本部長と誘拐された八方議員が親友で、ずいぶんと恩に着てるらしい。……あと、こいつらを捜査に入れて検挙率が爆上がりした」

「もう絶対、後半の理由の方が強いじゃないですか！」

「今度、私とうちの署長が、本部長から表彰されるらしい！」

「心底どうでもいい‼」

勢いに任せて本音が漏れる。しかし、『表彰』に浮かれている長巻は、黒木の暴言をとがめなかった。

「とにかく、お前の仕事は、他の警察官にバレないように健吾くんたちをフォローすること。現場で知ってるのは、私とお前と上条さんだけだからな。あと、事件関係者には彼らが捜査に協力していることは百歩譲って知られてもいいが、あの二つの事件に関しては ぜっっっっったいに、知られるなよ！ もし、この秘密が誰かに知られるようなことがあれば、お前の責任だからな！」

「ちょ、本気で言ってますか!?」

「本気だ！」

長巻の腕がようやく首から外れる。そして、彼は片手を上げながら背を向けた。

「私たちは、吸血鬼事件の犯人を追う。黒木、くれぐれもその二人を頼むぞ！」

「えぇ……」

言うだけ言って長巻は去って行く。そうして残されたのは……。

花京院家の現当主と、烏丸と言う名の執事。そして――

「あれ？ 上条さんは？」

黒木は首を振って仕事のパートナーを捜す。その問いに答えたのは、健吾だった。

「上条さん、『あとは黒木がなんとかしてくれるだろうから、俺は帰るな！』って……」

「はぁ!?」

開いた口が塞がらないというのはこのことだ。

黒木が呆然としていると、いけ好かない執事が口を開いた。

「それでは、私たちは八條さんの交友関係を探ることにしましょうか」

「あれ？ 吸血鬼事件は探らなくてもいいのか？」

「それは、警察の方が捜査するって言っておられたじゃないですか。人員は限られているんです。手分けをしないと」

健吾の質問に答える烏丸の手には、先ほどまで黒木が持っていたはずの吸血鬼事件の捜査資料があった。いつの間に取られたのだろうか。

「と、いうことで黒木さん。明日の朝までに八條さんを恨んでいそうな人物を洗い出してきてください」

「私が、ですか？」

「当たり前じゃないですか。警察手帳も持っていない私たちが聞き込みなんてしたら不審すぎるでしょう？　なので、お手数ですがよろしくお願いします」

お手数ですが……、なんて少しも思ってなそうな執事の顔に、黒木は初めて自分の顔に青筋が立つのがわかった。

4

「年季の入ったストーカーに、喧嘩別れした元恋人に、騒音問題で揉めていた隣人！　いいですね。どの方も殺害する動機がありそうじゃないですか」

八條七海の遺体を見つけてしまった翌日。花京院邸の一室で、烏丸は黒木が持ってきた報告書を見ながら、そう楽しそうな声を上げた。

そんな彼を目の端に留めつつ、健吾はフルーツも何も入っていない、苦いだけの野菜ジュースに口をつける。昨日、朝食を抜いた罰だそうで、味ははっきり言って不味い。

（それにしても黒木さん、居心地悪そうだなぁ）

烏丸から黒木へ視線を滑らせながら、健吾は苦笑いを浮かべた。

緻密に織られた大きなペルシャ絨毯に、光沢のある赤いベルベットのソファー。彫刻入りの大理石で囲われた大きな暖炉に、艶やかなダマスク柄の壁。天井からは小さいながらもシャンデリアがぶら下がっており、日中にもかかわらず、煌々と明かりが灯っている。壁には大きな鹿の頭部の剝製が貼り付いていた。

そんな部屋の隅で、黒木はそわそわと落ち着かない様子だった。一応、席も勧めたのだが、「大丈夫です。その、汚すのとか、怖いので……」とそこから動こうとはしなかった。絨毯にだって一切足を踏み入れていない。

花京院邸に来た大体の人間が、最初はこんな反応だ。高級そうな調度品に尻込みして落ち着かなくなってしまう。健吾としては、高級そうとはいっても日常的に使っているものなので気などを遣わないでほしいのだが、どうもそういう風にはいかないらしい。

「それじゃ、頼まれていたことはしましたから」

いたたまれなさが限界値を突破したのか。はたまた、言葉通りにもうすることがないと判断したのか。黒木はそう言って踵を返した。

そんな彼女の背に烏丸は声をかける。

「では。まずはここに書いてある『騒音問題で揉めていた隣人』のところへ行きましょうか。ついでに被害者の部屋も見ておきたいので、このマンションの管理会社と大家さんに許可をもらってきてくださいますか？　車もお願いします」

「はい？」

黒木は烏丸の言葉に、怪訝な声を出しながら振り返った。

そんな彼女に、烏丸はわざとらしく驚いた顔をする。

「あ、もしかして行きたくありませんか？　大変、お疲れのご様子ですものね」

そう言われれば確かに、黒木の様子はどことなくくたびれている。黒髪のショートカットは昨日よりも乱れているし、大きな目の下にはくっきりと隈がある。もしかすると、烏丸の手の中にある、あの報告書を作るために、昨日は徹夜だったのかもしれない。

「別に疲れてなんかいません！　ただ、私だって忙しいので、そんなお坊ちゃまの道楽に付き合う義理はないと思っているだけです！」

「そうですか。……わかりました。それでは健吾様と二人で行ってきますね」

妙に聞き分けのいい烏丸の言葉に、黒木は「どうぞご勝手に」と再び背中を向けた。

そんな態度だからからかわれるし、いいように使われるのだけれど。まだ烏丸と付き合いの短い彼女には、それがわかっていないようだった。

健吾の心配を余所に、背を向けた黒木に烏丸は再び声をかける。

「あ！　でもどうしましょう！　私たち二人で捜査をして、もし『どうして警察でもない方が？』なんて聞かれたら！」

黒木の足がピタリと止まる。

「……でもまぁ、その時はその時ですよね！　その場合は、口外を禁止した上で、私たちがどうして警察と一緒に捜査しているか話すことに致しましょう。『絶対に誰にも言わないでいただきたいのですが。実は、「八方議員誘拐事件」と「熱釜マラソン・テロ未遂事件」は、こちらにおられる健吾様が』……」

「あーもー!!　わかりましたよ！　車を出せばいいんでしょう！　車を出せば!!」

「そんな無理なさらなくても、お疲れでしょうし……」

「出します!!」

悔しげに床を踏みつける黒木。それでも絨毯を踏みつけないようにしているところは、さすがである。

そんな彼女を見つめる烏丸の顔は、いいオモチャを見つけたときの子どものようだった。

最初に向かったのは、被害者の隣人、六反田五郎（ろくたんだごろう）の部屋だった。

いきなりやってきた警察に、彼は嫌そうな顔をしながらも、渋々話を聞かせてくれた。

「一昨日の夜は、ずっとこの部屋にいたよ。恋人の十和子（とわこ）と、幼なじみの五十六（いそろく）と一緒にな。ウソじゃねぇよ。なんなら二人に聞いてみてくれてもいい。あ、写真と動画も撮ってるんだ。なんなら、見るか？」

そう六反田が見せてきた動画には、一昨日の夜に放送された歌番組の特番がバッチリと映り込んでいる。死亡推定時刻の八時から十一時にぴったりと重なるように放送されていたやつだ。録画されたものをテレビで流していた……という可能性もあるが、その前に友人と恋人の二人の証言があるので、アリバイはあるとみていいだろう。もちろん裏付け捜査は必要となるが……。

その内容をメモしたあと、黒木は手帳をペラペラと捲った。

「えっと、このマンションの大家さんから、お二人が以前トラブルになったことがあるとお聞きしましたが……」

「ありましたよ。それが？」

「ちなみにどんな内容で？」

当時のことを思い出したのか、六反田の口はへの字に曲がる。

「ありきたりな騒音トラブルだよ。ここのマンション、壁が薄くてさ。テレビの音とか、会話とか、掃除機の音とか、もう本当にうるさいんだよ！　しかも隣のやつ、八條七海、だっけ？　もう声が大きくて。一時期はノイローゼになるかと思ったほどだよ」

「見た目に寄らず、意外と繊細なんですね」

「『見た目に寄らず』ってなんだよ！　悪かったな、大雑把な見た目で!!」

黒木の言葉に六反田の眉がつり上がる。昨日も少し思ったが、彼女はちょっと思ったことを口に出しすぎなところがある気がする。

黒木が「すみません！」と謝ると、六反田は「まぁ、いいけどよ」と鼻を鳴らした。

「んでまぁ、俺が一度苦情を入れたら、静かになったんだけどな？　でも、たまにまだうるさいことがあって。……あ、そう言えば、一昨日の夜もうるさかったな」

「殺された日も、ですか⁉」

その言葉に黒木は前のめりになる。健吾も耳をそばだてた。

「あぁ、間違いねぇよ。十和子と五十六にも愚痴っちまったからよく覚えてる。アイツ、夜中にもかかわらず大声で電話かけてて。『レポート』とか『教授』とか言ってたから、学校のやつにでも何か相談してたんじゃないか？　んでその後、掃除機までかけ始めてよ」

「それって何時頃のことですか？」

「電話をかけてたのが九時頃かな。んで、そこから十時ぐらいまで掃除機かけたり、洗濯機回したり……。あぁ、もう！　とにかくうるさかった！」

六反田から話を聞き終わった黒木はすぐさま長巻に電話をかけていた。きっとアリバイのことを伝えているのだろう。

このマンションから殺害現場まで徒歩で二十分。被害者は自転車やバイクなどは持っていなかったので、『十時までうるさかった』という六反田の話が本当なら、少なくとも十時二十分まで八條七海は生きていたということになる。

「先ほど他の捜査員が確認しました。たしかに九時頃、八條さんのスマホに発信履歴が残っていたそうです。電話を取った友人にも確認が取れまして、話した内容も六反田さんの証言のままでした」

　電話を終えた黒木は真剣な顔でそう二人に報告すると、一本の鍵を健吾に手渡した。

「私は帰ってこのことを他の捜査員に説明することになりました。他の吸血鬼事件の犯行時間と照らし合わせると何かわかるかもしれません。なので、被害者の部屋はお二人で見てきてください。一応、うちの鑑識や捜査員が調べたあとではありますが、変なことはしないように、くれぐれもお願いしますね」

　言うだけ言うと、黒木は颯爽と去って行った。その顔が花京院邸に来たときよりもどこか嬉しそうだったのは、他の捜査員に手土産ができたからだろうか。

　二人は黒木を見送ったあと、八條七海の部屋に向かった。鍵を回して部屋に入ると、未だ主がいなくなったことを知らない、生活感溢れる部屋が眼前に広がる。

　健吾は玄関で靴を揃えながら、先に入った烏丸を見上げた。

「なぁ、烏丸。本当に吸血鬼事件の方、調べなくてもいいのか？」

「まぁ。調べなくてもいいと思いますよ。おそらく、今回の殺人事件と、吸血鬼事件の犯人は別でしょうから」

「そうなのか⁉」

「ええ。……これを見てください」

　そう言って差し出したのは数枚の写真だ。そのどれもにあの痛々しい二つの穴が写っている。吸血鬼事件の被害者、その首元の写真である。黒木から奪った捜査資料だ。

「そしてこれが、八條さんの首元の写真です。何か気がつくことはありませんか？」

「気がつくこと？」

「よく見れば、健吾でも見つけられると思いますよ」

「そんなこと言われてもなぁ……。――あ！」

　何かに気がついた健吾は、何度も写真を見比べる。そして「穴の空いている間隔が違う……」と声を漏らした。その答えに満足いったのか、烏丸は唇を引き上げる。

「えぇ、そうです。写真なので正確な幅はわかりませんが、吸血鬼事件の被害女性は大体指二本分程度空けて二つの穴が空いています。しかし、八條さんの方は指三本分程度。犯人が幅を測って痕をつけていたわけではないと思いますが。まぁ、これも手癖ってやつでしょうね。こちらの吸血鬼事件の方はどれも間隔が揃っている」

「だから、犯人は別、か。……いや！　でもちょっと待てよ！　それなら犯人はどうやってこんな似たような痕をつけたんだよ！　首元の痕がこんな形だって一般の人は知らないはずだろ？」

「えぇ、警察がマスコミに公開しているのは、『首元に噛んだような痕がついていた』という情報のみです。関係者にも箝口令が敷かれていますし、このような針で刺したような痕だということは、一般人には知り得ない情報ですね」

「つまり犯人は……吸血鬼事件の共犯者？」

烏丸は健吾の言葉に無言で唇を引き上げた。その笑みの指すところは『正解』なのか『不正解』なのか、それはわからない。

そして、二人は部屋の物色を始める。

八條七海の部屋は、一言で言ってしまえば、何の変哲もなかった。まさに年頃の女性が一人暮らしをしている部屋という感じである。ほどほどに雑然としていて、ほどほどに整理整頓がなされていて、ほどほどに生活感がある。部屋の隅にはしおれた観葉植物。机の上にはちょっと高そうなスチームを出す美顔器と、美容雑誌。壁際に置かれたベッドの上には目覚まし時計の代わりに使っていたのだろう、使い古されたスマホ。殺された八條七海の持ち物の中にスマホはあったので、アレはきっと機種変更する前に使っていたものだろう。

健吾は部屋の中をぐるりと見回しながら、眉を寄せた。

（捜査のヒントになりそうな物はなさそうだよなぁ……）

「料理をたくさんする方だったんですかね」

その声に振り返ると、烏丸が冷蔵庫を見上げながら顎を撫でていた。彼の目の前にあるのは、四百リットル以上はあるだろう、ファミリータイプの冷蔵庫だ。

「一人暮らしならこんなに大きな冷蔵庫は必要ないでしょう？」

「たしかに。もしかしたら、例の元恋人と同棲でもしようとしてたんじゃないか？」

健吾の意見に烏丸は「さて、どうでしょうかね」と意味深なことを呟きながら、ためらうことなく目の前の冷蔵庫を開けた。家の主がいないとはいえ、もとい、亡くなっているとはいえ、彼には遠慮というものがないのだろうか。

「あぁ、こういう用途もあるんですね」

納得がいったとばかりに声を上げる烏丸につられ、健吾も冷蔵庫の中を覗く。

そこにあったのは――

「化粧……品？」

冷蔵庫には化粧水や乳液といった基礎化粧品が所狭しと並んでいた。パックやクリーム、美容液なんかも数種類揃えられている。ここだけでお店が開けそうだ。

「あぁ。そういえば何度か耳にしたことがあります。『化粧品を冷蔵庫で冷やすと長持ちする』だとか、『冷えていた方が毛穴を引き締める効果がある』だとか。その真偽はわかりませんが、少なくとも彼女は信じていたようですね」

「それにしてもこの量。机の上にも高そうな美顔器があったし。結構、美容にお金かけてる人だったんだなぁ」

亡くなっていたときの顔しか知らないが、たしかに八條七海の顔は整っていた。ぱっちりとした二つの目は見開かれていて、可愛らしい唇からはよだれが垂れていたが……

「にもかかわらず、お風呂は熱めが好き、と」

「お前はさっきから何をチェックしてるんだよ……」

キッチン横にある給湯スイッチの温度を確かめる烏丸にそう言って目を眇める（すが）と、彼は健吾の問いに答えることなく「次はお風呂とトイレも見てみましょうか」とにこりと唇を引き上げた。


「血の香りがしますね」

風呂場に入った烏丸の、最初の言葉がそれだった。

「そんな匂いするか!?」

「えぇ。これは、ＡＢ型の血液の香りですね。女性のものです」

「血液型とか、性別とか。そんなもの匂いでわかるものなのか？」

血の匂いに敏感なのは、吸血鬼だから……でなんとなく納得できるが、いくら吸血鬼といえど匂いだけでそこまで細かな情報がわかるものなのだろうか。

怪訝な顔をする健吾に、なぜか烏丸は誇らしげに胸を反らした。

「えぇ。私は吸血鬼界きっての美食家ですからね。香りだけで様々な情報を精査することができるんですよ。人間の中にもそういう人はいるでしょう？　ワインを選ぶソムリエなんて、その最たる例じゃないですか」

烏丸は、すん、ともう一度鼻をひくつかせる。そして、うっとりと頬に手を当てた。

「あぁ、かぐわしいですね。二十年もの、といった感じでしょうか。このぐらいの女性の血が一番美味しいんですよね。……どうして私は、男と契約なんか――」

「なぁ、ちょっと前から思ってたこと、聞いてもいいか？」

「……なんでしょう？」

「吸血鬼事件の犯人、お前じゃないよな？」

ぱちぱち。

そう音がしそうなぐらい、烏丸の目が瞬いた。珍しく驚いているらしい。

彼は顎を撫でながら首をひねったあと、「もしかして……」と健吾に顔を寄せた。

「嫉妬ですか？」

「なんでそういう話になるんだよ……」

健吾はがっくりと肩を落とした。彼が誰の血を飲もうが嫉妬なんてするはずがない。

「いや、単純にさ。吸血鬼事件って名前だから、お前が何か関わってないかって思っただけで。あの痕がお前が噛みついたものだって話なら簡単に説明もつくだろ？」

「おやおや、私も大概信用されていませんね。言っておきますが、私はそんなに無節操じゃありませんよ？　血をいただく場合にはきちんと対価をお支払いするのが、私のルールですからね」

「そう、だよな」

「もちろん、提示された対価によってはいただく血が多くなってしまいますし、その結果契約者が死に至ることもありますが。まぁ、それは結果論です。殴って、殺して、血をいただくだなんて、野蛮にもほどがありますよ」

さらりととんでもないことを言われたような気がするが、あえて流した。彼が本当のことを言っているという保証もないし、本当だとしてもどうすることもできないからだ。

烏丸は続ける。

「それに、齧り付くだなんて無作法、美食家である私の矜持に反します。採血はきちんと手順を守り、血液は空気に触れないよう小分けにパック。飲むまではしかるべき温度で熟成保存をして、いざいただくときは高級なワイングラスで飲むのが作法というものです。人の首に齧り付くなんてのは、目の前に置いてある焼きたて熱々のA5ランクのステーキを、手で貪る暴挙と一緒ですからね。……まぁ、しようと思えばできないことはありませんが。その場合、あんな可愛らしい痕ではなくなってしまいますし」

そう言って烏丸は自身の唇の端を指で引っ張る。そこから覗く彼の八重歯は、まるで獣のように鋭く尖っていた。たしかにこれで噛みつかれたら八條七海についていたような可愛らしい痕にはならないだろう。

「ま。『吸血鬼事件』だからってお前が犯人なわけないか」

「理解していただけたようで良かったです」

切り替えるように息を吐くと、健吾は浴室内を見渡した。

「でも、どうしてこんなところで血の匂いがするんだろうな。風呂場でムダ毛の処理とかしてて、誤ってカミソリで切っちゃった、とか？」

「もしくは自殺未遂……とかですかね」

その不穏な言葉に、健吾は口をへの字にしたまま「やめろよ」と口にした。

「次は、この『年季の入ったストーカー』さんと、『喧嘩別れした元恋人』さんのところへ行ってみましょうか。二人ともここからそう遠くないところに住んでいますし」

烏丸がそう言ったのは、八條七海と六反田のマンションを出た直後だった。彼は自身に差している日傘を、くるり、と回す。やはり吸血鬼らしく日の光は苦手らしい。といっても、日の光を浴びて灰になる……なんてことはなく、『浴びるとだんだんと体力を持っていかれる有害なもの』程度らしい。

烏丸の言葉に、健吾は顔を上げる。

「行ってみましょうか、って。俺たちだけで勝手に行っていいのか？」

「本当はきちんと黒木さんを通すべきでしょうが。私、黒木さんに嫌われているようなので仕方がないですね。連絡しても、きっと戻ってきてはくれないでしょうし」

そう言いながらも〝嫌われている〟ことをまったく気に病んでいなそうな烏丸である。

「でも、俺たち二人で話を聞きに行って、不審がられたらどうするんだよ」

「そういうときはこれを使いましょう」

「なにそれ」

「黒木さんの警察手帳です」

いつの間に入手したのだろうか。彼の手にはたしかに黒木の警察手帳がある。本来ならばベルトなどに繋いであるはずの紐は、途中で切れていた。

健吾は責めるような目つきで烏丸を見上げる。

「……盗ったのか？」

「いいえ。落ちていたんです」

嘘だ。

そうは思ったが、証拠はない。万が一、もしくは、億が一ぐらいで、本当に落ちていたという可能性もある。

烏丸は刑事ドラマのように、手帳の上部を持ったまま、パタンと手帳を広げた。

「こうやって写真の顔の方を指で隠せば、健吾でも使えるんじゃないですか？」

「お前さ、そういうところが黒木さんに嫌われる原因だと思うぞ？」

5

『年季の入ったストーカー』もとい、四辻裕三(よつつじゆうぞう)、二十一歳。熱釜大学一年生。

八條七海とは同じ中学校だったらしい。

彼女の友人が八條七海本人から直接聞いた話によると、四辻は中学生の頃からずっと彼女のことが好きで、一時期はストーカーみたいな状態で彼女を追いかけ回していたという。

やっと大学で離れられたと思ったのだが、最近校内で再会。なんと、二浪してまで彼女を追いかけてきたというのだ。

そして、四辻が初めて八條七海に声をかけたのが、彼女が殺される一週間ほど前。長年募らせた想いをあっけなく踏みにじった彼女に殺意が芽生えた……とすると、タイミング的にはバッチリである。

しかし、いくら怪しくとも、本当に黒木の警察手帳を使って四辻から話を聞くわけにはいかない。なぜなら、それは立派な身分詐称だからだ。普通に犯罪だ。もしこれで捕まりでもしたら〝警察のお得意様〟の意味が変わってきてしまう。

だから健吾は、四辻のマンションのインターフォンを押して、苦し紛れにこう言った。

「八條七海さんが亡くなったことについて捜査をしているんですが、お話を聞かせていただけませんか？」

警察だとは名乗らずに、警察っぽく。けれどあくまで、嘘はつかない姿勢で。

そうしてドアチェーン越しに出てきた四辻裕三は、もくろみ通りに健吾を警察だと思い込んでくれたようだった。

「一昨日の夜、ですか？　夜はバイトに行ってましたけど……」

「ちなみにバイトはどちらへ？　シフト表とかあれば見せてもらえますか？」

「別にいいですけど……」

そう言いながら、四辻はドアの隙間からスマホの画面を見せてくる。そこにはバイト先の壁に貼り付けられているのだろう、シフト表の写真があった。

「バイトしているのは、駅前のレンタルショップです」

その言葉と写真を見る限り、たしかに彼は一昨日の午後十時から午前三時までそこでバイトをしていたようだった。

（殺されたのは午後十時二十分から十一時までの間だから、この人もアリバイ有り、か）

「……それだけですか？」

不機嫌そうにそう聞かれ、健吾は慌てて人差し指を立てた。

「あ、すみません。もう一つだけ！　あなたが八條さんのことをストーカーしていたという話を聞いたんですが」

「ストーカー？」と彼は眉を寄せた。今までで一番嫌そうな顔だ。

「俺は彼女と同級生だっただけです。だから、……ストーカーなんてしていません！」

そう言って、バタン、と扉が閉まる。

もう一度玄関のチャイムを押す勇気は、健吾にはなかった。

『喧嘩別れした元恋人』、二野正一（にのしょういち）は大手企業に勤めるサラリーマンだ。

元々彼は結婚をしており、八條七海と付き合いだした直後は、まだ彼らは不倫関係だったという。奥さんを捨て八條七海との将来を選んだ二野だが、結局、彼女とも別れることになり、今は一人で寂しく暮らしているらしい。

四辻の部屋を訪問したときと同じ要領で訪ねた二人を、二野は意外にも玄関先ではなく部屋にまで通してくれた。烏丸の執事姿にはぎょっとしていたが「健吾様の執事をしています」と烏丸が言うと「なんかドラマみたいだな」と妙な理解を示していた。

「一昨日の夜は、会社で残業して九時前には上がったかな。それから近くの定食屋で晩ご飯を済ませてから、このマンションの下にあるジムでちょっと汗を流して、シャワーも浴びて、十一時半には部屋に戻ってきたよ」

まるで用意していたセリフを読むかのような彼の言葉に、健吾が眉を寄せると「いや、今朝のニュースで七海が殺されたって聞いて、俺にもきっと事情聴取が来ると思ってたから準備してたんだよ」と取り繕った。

健吾は訝しみながら質問を続ける。

「そのアリバイを証明できる人物は？」

「会社にいたときは、一人で残業してたから証明はできないが、定食屋のおばちゃんとジムのインストラクターは証言してくれると思う。連絡先はここにあるから、あとから聞いてみてくれ」

やはり妙に準備がいい。健吾は差し出された連絡先を受け取りながら片眉を上げた。

次に口を開いたのは烏丸だった。

「それでは、八條さんと別れた経緯を伺っても？」

「アイツ、俺にウソをついてたんだよ」

「ウソ？」

「そう。整形してたんだ！　領収書の束を見つけて驚いたよ。アイツ、整形一回に二百万円以上も使ってるんだぜ？　しかもそれが何回も！　整形は百歩譲って許せても、そんなに金遣い荒い女はなぁ。だから、俺からもう別れよう、って切り出したんだよ」

またもや用意していたようなセリフだ。先ほどの「ドラマみたいだな」という言葉から推測するに、彼はきっと推理ドラマをよく観るのだろう。きっと聞かれてもいないのに〝マル被〟とか〝ガイシャ〟とか多用しちゃう系の人間だ。

「もしかして二野さん、八條さんに貢いでおられました？」

二野の顔色が変わったのは、烏丸の言葉の直後だった。彼は懐から一つの封筒を取り出し、二野の前に滑らせる。

「督促状、一通隠し忘れておられますよ？　中身は見てませんが、差出人の名前、これって真っ黒一歩手前のグレーな金融会社ですよね？」

二野の頬がひくついた。図星らしい。

「八條さんの部屋にあった美顔器も化粧水も高価なものが多かったですし、整形の話も本当だとすると、あなたが貢いでいたという結論が一番しっくりくるのですが、どうでしょうか？」

「そ、それは……」

「もしかして、貢ぐためのお金がなくなって、振られた……というのが真実ですか？　所詮あなたは、八條さんにとって都合のいいＡＴＭだったということですかね」

十数秒後。プライドをズタズタにされた二野に、二人は部屋から追い出されるのだった。

夕方。二野の部屋を追い出された二人は、足取り重くマンションを後にしていた。いや、足取りが重いのは健吾だけで、烏丸は実に飄々としている。むしろ、軽いぐらいだ。

そんな彼を見上げながら、健吾は苦言を呈す。

「お前、いい加減ああいうのやめろよな」

「ああいうの、とは？」

「人のことを面白おかしくおちょくるやつだよ。二野さんだって〝振られた〟より〝振った〟にしたいに決まってるだろ？　あんまり人で遊んでると、そのうち俺しか味方がいなくなるぞ？」

「別に構いませんが？」

「少しは構えよ」

人間関係なんてはなから構築する気がない烏丸に、健吾は鼻白む。

「大体なぁ。黒木さんへの態度も、もう少し改めた方が……」

「黒木さんといえば、彼女、まだですかね」

思わぬ切り返しに、健吾は「は？」と口を半開きにする。

「先ほど警察手帳の写真と一緒にメッセージを送ったんですよ。『落ちていたのを拾ったんですが、取りに来ていただけませんか？　ついでに屋敷まで送ってくださると嬉しいです』って。ここの地図付きで」

「うっわー……」

それは否が応でも取りに来ざるを得ない。

しかし、烏丸はいつの間に黒木の連絡先を入手したのだろうか。長巻から教えてもらったのか、上条から教えてもらったのか、はたまた本人のスマホから入手したのかはわからないが、まったく油断も隙もない。

「だって、こんな太陽の下、歩いて帰るの嫌じゃないですか。それに、そろそろ名探偵健吾の推理を披露する場も設けていただかないといけませんし……」

「へ？　俺はまだ犯人が――」

健吾がそう問いかけた瞬間、耳をひっかくようなタイヤの音が後方から聞こえてくる。慌てて振り返ると、黒のセダンがものすごい速さでこちらへ走ってくるのが見えた。その車は、異様なブレーキ音を響かせながら、彼らの前方に見事なドリフトを決めて停止した。タイヤからは煙が立ち上っている。

「け、警察手帳！　警察手帳を返してください!!」

そして中から出てくる目の血走った黒木。これは相当焦っているらしい。まぁ、本当に警察手帳をなくしたとあっては、始末書どころの騒ぎでは済まないだろうから、当然といえば当然だ。

烏丸は畏まった様子で警察手帳を黒木に返すと、彼女に断ることなく車の後部座席の扉を開ける。そして、執事よろしく先に健吾を乗せながら、黒木にわざと聞こえるような声でこんなことを言った。

「さて健吾様、材料は揃いました。今晩あたり、いつもの名推理を見せてくださいね」

6

今回の事件は、思いのほか簡単だった。

犯行動機さえわかればトリックなんてものはほとんどないに等しく、犯人も芋づる式に導き出せる。だからこそ、それに気づけるかどうかが今回の事件の鍵だった。

(さて、健吾は気がついたでしょうか)

烏丸が事件を解くのは簡単だ。彼は吸血鬼。人間とは生きてきた時間が違うし、その分知識も、経験もある。何より、五感が鋭いので、人間が見落としてしまいがちな僅かな証拠だって摑めてしまう。けれど、烏丸が事件を紐解くのではダメなのだ。

『健吾を名探偵にする』

それが彼と健吾の交わした契約だからである。

夜。烏丸は食事をする健吾を正面に見据えながら、ワイングラスを回す。その中で揺めいているのは、午前中に採血した健吾の血液だ。味は——まぁ、吐き出すほどではない。

「それでは健吾、犯人はわかりましたか？」

その言葉に健吾は、きたか、といわんばかりの複雑な顔をする。どうやら、何もわかっていないようだ。烏丸は心の中で「マイナス五点」と呟きながら彼にヒントを提示した。

「まずは、犯行動機から考えていきましょうか。今回の犯行動機は、八條さんの首についていた痕から導き出せます」

「『形状は一緒なのに、幅が違う痕』だよな？　つまり、この痕をつけた犯人は吸血鬼事件の犯人ではなく、その共犯者じゃないかって話だろ？」

「ええ。たしかにそう考えることもできますね。しかし、痕の形状を知ることができたのは、何も共犯者だけじゃないんですよ。……他にはどんな人がいると思いますか？」

その言葉に健吾は指を折る。

「えぇっと、被害者とその家族だろ。それと、被害者を診た医者と医療関係者。あとは……」

「目撃者です」

烏丸の言葉に健吾は大きく目を見開く。

「吸血鬼事件の犯行をたまたま目撃してしまった、目撃者。その人間もまた、痕の形状を知ることができる人間です」

烏丸は手元に置いてあった紙の束を、まるで見てみろといわんばかりに健吾に差し出した。

「吸血鬼事件の捜査資料によると、吸血鬼事件五件目の犯行だけ、被害者自らではなく匿名の通報者により警察に連絡が行っています。しかもその通報者は犯行の現場を目撃したというのに、犯人がどういう人物なのかは聞かれても答えなかった。私はその通報者が、今回の事件の犯人だと考えています」

その言葉に健吾は「えぇ!?」と怪訝な顔をした。こんなところで驚いているから、いつまで経っても十点以下しかもらえないのだ。

烏丸はまた心の中で「マイナス十点」と毒づいた。

「私の考えはこうです。目撃者Aは吸血鬼事件の犯人Bの犯行を目撃した。しかし、AとBは知人であり、通報だけはしたものの、Aは犯人Bのことは何一つ警察に言わなかった。後日、目撃者Aは犯人Bに事件のことを問いただした。そこで犯人Bは初めて自分の犯行がAに見られていたことを知る。だから犯人Bは目撃者Aを呼び出し、亡き者にしようとした」

「そして、犯人Bは目撃者Aの返り討ちに遭った?」

「正解。プラス十点」

正解、という烏丸の言葉に健吾は一瞬だけ嬉しそうな顔をしたが、すぐに何かに思い至ったかのように眉を寄せる。

「え? ちょっと待って! そうなるとつまり、吸血鬼事件の犯人は八條七海!?」

「ということになりますね」

「いやいや！　それはどうなんだ⁉　第一、八條さんが女性たちを襲う理由がわからないし！　そもそも、それが本当だとして、今日話を聞きに行った三人にはアリバイがあるぞ？　それとも他に犯人がいるのか⁉」

「いいえ、犯人はその三人の中にいます」

「なら！」と健吾は声を張る。烏丸は唇を引き上げた。

「そのアリバイは、八條さん本人が作ったんですよ」

「は？」

「誰かを殺しに行こうとするんですから当然ですよね？　だから、彼女は〝女性たちを襲いに行くときと同じ方法〟でアリバイを作った」

烏丸はまるでクイズ番組の司会者のように人差し指を立てる。

「それでは問題です。八條さんは目撃者Aを殺すために、どのような方法でアリバイを作ったでしょうか？　三十秒以内で答えてください」

ち、ち、ち、と、人差し指をまるで時計のように動かして、烏丸は健吾を焦らせる。

「ちょ、えっ！　八條さんが目撃者Aを殺そうとして返り討ちに遭ったのなら、ちょうど八條さんが殺された時間が、彼女が犯行を行う時間だったはずだから……」

その時、何かをひらめいたのか、健吾は顔を跳ね上げる。

「も、もしかして、隣の人を使った⁉」

「正解です。八條さんは隣人の六反田さんと以前騒音トラブルを起こしていた。彼女はそれを利用したんです。彼女はあらかじめ掃除機をかけている時の音や洗濯機を回している時の音などを使い終わったスマホに録音していた。ええ、ベッドに置いてあったあの古いスマホです。そしてそれを犯行の時刻と重なるようにスマホから大音量で流した。流すのは目覚ましアプリでも使ったのでしょう。時刻を設定しておくだけなので、この辺は簡単にできるはずです。もちろんこれは六反田さんが家にいる時でないと意味はありませんが、予測は容易だったでしょうね。なぜなら八條さんの部屋からも六反田さんの生活音がよく聞こえたでしょうから」

「でも、八條さんはちょうどその時間、部屋で友人と電話してたって言ってなかったか？友人も話してたことを認めたって……」

「それも録音ですよ。あらかじめ話すことを決めておいて、それに沿った内容を録音しておくんです。『レポート』とか『教授』なんて単語を交えてね。そして、八條さんは部屋でその録音が再生される時間に合わせて犯行現場で本当に友人に電話をする。すると、発信履歴と隣人の証言から、八條さんが犯行当時部屋にいたという証拠になるんです」

「えっと。それじゃあ、八條さんが殺されたのは、その電話を終えてから十時までの間？」

「そう。そして、その時間にアリバイがない人間が一人だけいたじゃないですか」

その言葉に健吾は、顎を撫でる。今日話を聞いた三人の証言を思い出しているのだろう。

「もしかして、四辻裕三!?」

「お、今日は冴えてますね。正解です。プラス五点」

思ったよりも早く出た答えに、機嫌のいい声が出た。

「そう、四辻さんのアリバイはバイトをしていた十時から翌日の午前三時まで。八條さんが殺されたとされる時間、彼にはなんのアリバイもないんです」

烏丸はしゃべりすぎた喉を潤すように、ワイングラスに口をつける。そして一呼吸置いたあと、続きを話し始めた。

「四辻さんにアリバイを聞いたとき、彼は『それだけですか？』と言っていました。アレはきっと『それだけなら、もういいですか？』という意味ではなく『それだけしか聞かないんですか？』という心の声だった」

あのときの健吾は八條七海が殺された時間を十時二十分から十一時までだと誤認していた。だから彼の十時までのアリバイがない四辻さんを深く追及しなかったのだ。そして、八條七海がアリバイ工作をしていると知らない四辻さんは、それを疑問に思った。

「現に、四辻さんに呼び出された翌週に、八條さんは亡くなっている。きっとその日に四辻さんは八條さんに自分が犯行現場を見たことを告白したのでしょうね。だから彼女も凶行に走った。……私の考える、八條七海と四辻裕三の当日の行動はこうです」

烏丸はワイングラスを机の上に置き、手を組んだ。

「まず、八條さんは六反田さんが家にいる時間帯を狙って、四辻さんを例の路地に呼び出した。四辻さんは長年彼女への想いをこじらせているようでしたから『例のことを黙っていてくれるなら……』などと身体の関係を匂わせておけば、まぁ、バカな男ならば何も疑わずに来るでしょう。聡くてもとりあえず行ってみることを選ぶかもしれない。もしかしたら四辻さんからそういう提案をしたのかもしれませんね。とりあえず、八條さんは四辻さんを呼び出した。時間はそう、九時半頃ですかね。もちろん家を出るときにスマホのセットは済ませておきます。九時頃から十時頃までうるさい生活音が鳴り響くようにね。そして、彼女は現場に着くと九時頃に友人に電話をかける。そのまま適当に話をしたあと、電話を切り、四辻さんが現場に来るのを待ちます。八條さんは、このとき凶器の一升瓶を確保しておいたのでしょうね。吸血鬼事件の被害者は大体、その現場にあるもので殴られていますから」

凶器をわざわざ用意してしまえば、購入ルートから身元が判明してしまう可能性がある。彼女はそれを恐れたのだろう。もしかしたら、凶器になり得るものの有無を確認してから犯行現場を選んだ可能性もある。現にあの路地には、犯行に使われた一升瓶の他にも瓶がいくつか建物の外に置かれていたからだ。

「そうして、八條さんは現場に来た四辻さんを襲った。しかし相手は男性。これまでとは違い、返り討ちに遭って亡くなってしまいます。一方、呼び出されていきなり襲われた四辻さんは慌てます。いきなり襲われたのですから、当然と言えば当然でしょう。しかも正当防衛とはいえ、相手を殺してしまった。彼はこれでもかというほど動揺したはずです。

しかしその時、彼は八條さんのカバンから、彼女が通り魔をするときに使っていた注射器を見つけます。彼はひらめいた。彼女の死を吸血鬼事件の犯人の仕業にしてしまうことを。そして四辻さんは、見よう見まねで彼女の首に注射痕をつけた」

これが『形状は一緒なのに、幅が違う痕』の謎の答えだ。烏丸の推理に、健吾は少し納得がいかないという風に眉を寄せる。

「でもそれは、あくまでお前の推理だろ？　話は通ってるけど、四辻さんが犯人だって証拠は、まだ何も……」

「証拠は、今探してもらっていますよ」

そう言ったときだ。タイミングよく烏丸の持っているスマホが鳴り響く。彼は発信者を見て唇を引き上げると「どうやら見つかったようです」とスピーカー状態で通話ボタンを押した。大音量で聞こえてくるのは、疲れ切ってヘトヘトになった黒木の声だ。

「烏丸さん、ありましたよ。四辻裕三が先ほど捨てたゴミの中に、注射器が二本！　これがなんだって言うんですか!?　というか、これで警察手帳の件、長巻課長に黙っててくれるんですよね!?」

「はい、ご苦労様です。その注射針を鑑識に調べてもらってください。詳細は明日、健吾様がお話しするので」

「は？　それってどういう――」

「では」と、容赦なく終話ボタンを押す。そして、困惑したような表情の健吾に烏丸は懇切丁寧に説明を始めた。

「八條さんを殺したあと、四辻さんには持って帰らなくてはならないものが一つだけあった。それは、首の痕をつけるのに使った注射器です。注射器は八條さんが吸血鬼事件の犯人だという証拠になりえます。それが見つかってしまえば『吸血鬼事件の犯人が、吸血鬼事件の犯人に殺された』なんて訳がわからない事態になってしまいますからね。もちろん、付近のコンビニのゴミ箱に捨てるという手もありますが、万が一捨てるところが防犯カメラに映ってしまった場合、すぐに足がついてしまいます。ですから家に持って帰るのが一番だった」

そしてちょうど、あの地区の燃えないゴミを収集する日が明日だったのだ。それに気がついた烏丸は、警察手帳の件を長巻に黙っておいてやるという条件の下、四辻のマンションを黒木に張らせていた。そして先ほど彼が持ってきたゴミを黒木が回収し、注射器を発見したのである。

物的証拠が出てきたことにより、健吾も納得したのだろう。彼は深く椅子に腰かけると天井を見上げた。

「でも、どうして八條さんは通り魔なんか……」

「彼女もまた、吸血鬼だったからですよ」

『吸血鬼』という単語に興味を示したのか、彼は無言で視線をこちらに戻してきた。

「健吾、エリザベート・バートリー伯爵夫人を知っていますか？　血塗(まみ)れの伯爵夫人、吸血鬼、と揶揄された連続殺人者です。彼女は自身の美貌と若さを保つために、六百人以上の若い女性を拷問して殺し、その生き血を全身に浴びたとされています」

「ちょっと待てよ！　その流れだと、八條さんも生き血を浴びるために若い女性を襲っていたって話になるんだけど⁉」

「ええ、そうですよ。もっとも、彼女は殺すのではなく、首から注射器二本分だけ血液をいただいていたようですが……」

だから痕は二つだったのだ。そしてその注射痕が偶然、吸血鬼の噛み痕のように見えた。もしかしたら、そう見せるために二本分抜き取ったのかもしれないが。

「彼女の美に対する探究心には目を見張るものがありました。冷蔵庫にあった大量の化粧品に高価な美顔器。積み上げられた美容専門雑誌に繰り返した整形。彼女はそうして美を追究していく中で、エリザベート・バートリーの話にも行き着いたのでしょう。……そして、自分でも試してみたくなった。若い女性の生き血を、その身に受けてみたいと……」

「だから、女性を襲っていた？」

「おそらくは。八條さんの風呂場で、私が血の香りがすると言ったのを覚えていますか？」

健吾はその問いに神妙な顔で頷いた。

「あのときに、私は八條さんがここで女性の血液を浴びていたのだと気がついたんですよ」

「なんで？」

「血液型が違ったんです。八條さんの血液の香りはA型。しかし、風呂場から感じたのはAB型。A型の血液とAB型の血液はまったく違う香りですからね。間違えようがありません。差し出がましいようですが、八條さんの捜査資料にもそのように書いてありますよ？」

「え？」

健吾は慌てて捜査資料を確かめる。そして、悔しげに「あー……」と漏らした。まぁ、小さい文字なので見落としがちだが、仮にも名探偵を目指そうというのならこれぐらいは気づいてほしかった。

「血液はあの冷蔵庫で保存していたのでしょうね。そして、お風呂の温度が少し高めだったのは、お湯に血液を混ぜて入っていたから。あのマンションのお風呂には追い炊き機能がついていませんでしたから、それを見越しての温度ということなのでしょうね」

烏丸はワイングラスに残った彼の血液を飲み干したあと、残念そうな声を出す。

「そもそも、健吾はあの首の痕にもう少し早くたどり着くべきでした。このグラスに入っている血液、どうやって採血しているか毎回見ているでしょう？　その腕の注射痕、八條さんの首に残っていたものとよく似ているじゃないですか」

「いやまぁ、それはそうだけど……」

「ということで、今回の点数は十五点。百点満点の名探偵にはほど遠いですね」

健吾は「えー……」と不満そうな声を漏らす。

事件に遭う度に辟易するくせに、点数が低いと一丁前に悔しいようだ。

烏丸は立ち上がると、空になったグラスを食事を運ぶカートの上に置いた。今日の食事はこれでお終いだ。舌に残る甘ったるい鉄臭さは、もう一杯、と烏丸を駆り立てるが、エネルギーの取りすぎも健康に悪い。腹八分目、だ。

「今回の事件は、多少なりとシンパシーを感じましたね。八條さんの美に対する貪欲さは私の食事に対する貪欲さにも通じるものがありましたし。血液に着目したところも、目の付け所がいいと言わざるを得ません」

烏丸は腕を組むと、窓の外に視線を移した。

「でもまぁ、通り魔事件を隠すために、殺人事件までしでかそうとする人の気持ちは、私にはわかりませんけどね」

烏丸の言葉に、健吾はわずかに視線を落とす。

そして、先ほどよりも落ち着いた声音で言った。

「……もしかしたら、八條さんが隠したかったのは通り魔事件じゃないのかもな」

烏丸が健吾に視線を向けると、彼は椅子に深く腰掛け、ふーっと長い息を吐き出す。

「二野さんの話によると、八條さんは整形を繰り返してたんだろ？　しかも一回二百万円以上の金をかけて。なら、きっとその根底にあるのは〝美への追究〟よりも〝容姿へのコンプレックス〟だよ。彼女は整形を繰り返し、ようやく自分の理想に近づけた。だけどそんな矢先に、自分の元の顔を知っている人間が気軽に声をかけてきたら、彼女はどう思うんだろうな……」

四辻は八條七海の中学校の同級生だという話だった。彼女の元の顔を知っている可能性はかなり高い。つまり、彼女が本当に隠したかったのは、〝犯罪〟ではなく〝過去の自分〟だったということだろうか。

「それにさ、四辻さんが八條さんのストーカーだったって話も、俺は彼女のウソだったんじゃないかなって思ってる」

「というと？」

「だってそれ、彼女自身がそう友人に話してたってだけの話だろ？　証拠はそれ以上ない。警察にだって届けてないみたいだしな。俺が思うにさ、中学生の頃の二人はただの友人だったんだよ。同じ大学に入ったのは、偶然が重なっただけ。声をかけたのは懐かしかったから……じゃないのかな。でも、八條さんにとって彼の存在は邪魔だった。だって、彼の存在は消し去りたい過去の自分と限りなくリンクしていたから。だから過去の友人である四辻裕三と今の友人を接触させないために、彼女は『彼は私のストーカーだ』ってウソをついた。だって、本当に四辻さんが彼女に身体の関係を求めていたのなら、九時半に呼び出された時点で十時からのバイトは休むはずだろ？　きっと四辻さんは昔の友人の犯行を止めるために、呼び出しに応じた。そして、彼女に襲われた……」

烏丸は、健吾の推測に目を見開いた。彼は推理をするのはてんで駄目だが、こうやって烏丸の感じ取れない人間の機微を読み取るのが、時としてたまらなくうまいのだ。

「もし、それが本当だったら五点加点ですね」

「えー。五点だけ？　それでも二十点じゃん」

「まだまだ赤点ですね。頑張ってくださいい、未来の名探偵さん」

彼が名探偵になるのが先か、烏丸が彼の血に飽きるのが先か。

それはわからないが、なんとなく自分の声色が優しく感じられる烏丸であった。

第二章　ラッキーガール×透明人間×アートな死体

1

黒木杏は、これまで自分のことを幸運な人間だと思っていた。

子どもの頃は、草むらを探せばいつだって四つ葉のクローバーを見つけられたし、カプセルトイで欲しいおもちゃが当たらないことはなかった。

学生時代は、テストの山張りを外したことはなかったたし、たまたま母と行った商店街での福引きで一等のグアム旅行を引き当てたりした。

大人になって警察官になり、交番勤務を任されるようになってからも、犯人が黒木の勤務時間に自首をしてきたり、先輩が追っていた犯人がたまたま自分の方に走ってきたり、それまでまったく姿を見せなかった指名手配犯が目の前を通ったりと、とにかくツイていた。

刑事になってからもそれは変わらなかったので、犯人の検挙率は同期の誰よりも高かったし。そんな状況にもかかわらず、いい先輩や後輩に恵まれていたので、仕事がしにくいなんてことも一切なかった。

ツイていた。もう、本当にツイていたと思う。

もちろん、与えられたポジションや期待に見合うような努力はしているつもりだったけれど、それ以上に恵まれている部分が大きくて、黒木は今まで自分のことをラッキーガールだと思い込んでいた。


しかしそれも、一月前までの話。


目の前に死体があった。極彩色の死体だ。

マンションの一室でうつ伏せに倒れている彼を彩るような形で、絵の具が、インクが、塗料がひっくり返されている。カラフルに彩られた死体は、非常に不謹慎ではあるが、もはやアート作品のように見えた。

死体の側には、描きかけの絵と真っ白いキャンバスが数枚。彼が右手に握っているのも筆であることから考えて、きっと絵を描いているときに後ろから殴られたのだろう。よく見てみれば、部屋の中は画材とキャンバスが溢れていた。きっと彼は、ここを住処としてではなく、アトリエとして使用していたのだろう。

黒木の後ろには第一発見者である女性が腰を抜かしている。そして、震える声で「トモヤさん？」と彼の名を呼んでいた。

これが、黒木が住んでいるマンションの隣人、画家・赤塚トモヤの最期の姿である。

（やっぱり最近、ツイてない……）

黒木は、目の前のアートな死体に、頬を引きつらせながらそう思った。

なぜこうなったのかは、一時間ほど前に遡る。

2

その日は、黒木が熱釜中央署に配属されてちょうど一ヶ月になろうかという日であり、配属されて初めて、まともに休めそうな休日であった。

「もう……朝……？」

黒木は連日の徹夜でボロボロになった身体を引きずりながら、太陽を見上げる。

場所は、署から自宅のマンションへ帰る途中。彼女の手には眠気覚ましに買って、飲むことさえも億劫になったエナジードリンクがあった。高校の入学祝いに父からもらった腕時計で時刻を確かめると、もう十時を過ぎている。

黒木は、はぁ、と息を吐き出した。

一歩進む度に、疲労が身体に蓄積していくのがわかる。しかし、マンションはもうすぐそこだ。足を止めるわけにはいかない。

正直、『花京院付き』がここまで激務だとは思わなかった。だって、最初の事件が終わった直後、上条からは「俺たちは健吾くんが関わった事件だけ担当してればいい。他の事件の捜査には、基本的に加わらない」と言われていたのだ。それを聞いたら誰だって思うだろう、比較的楽な部署なんだろうな、と。

しかし実際は、〝加わらない〟のではなく〝加わることができない〟だった。なぜなら健吾は三日と置かずに、新しい事件に巻き込まれるからだ。事件と言っても、殺人事件のような重大事件は少ないが、傷害や窃盗、強盗や恐喝といった事件にはよく巻き込まれる。そのせいで書類を処理しきる前に次の書類が溜まっていき、事後処理や他の部署への連絡等もしていれば、一日がまるで矢のように過ぎていくのだ。昼食だってまともに摂らせてはもらえない。時間外労働、長時間勤務は当たり前。休日は返上するもの。

まさに『花京院付き』は、楽とは無縁の部署だった。

しかも昨日は、明日定年を迎える上条の引き継ぎも受けていたので、その分も含めて余計に時間がかかってしまったのだ。

黒木は足を進めながらぼんやりとした頭で、今日、何しようかなぁ……、と考える。

引っ越してきたばかりなので、部屋にはまだ段ボールが積んであるし、この辺の地理にもまだ疎いので散歩だってしておきたい。日用品だってまだ揃っているとは言い難いし、頼んでいた家具だって今日届くのだ。組み立ては……業者がしてくれるんだったか？

（そういえば、駅前に新しいケーキ屋さんができてたなぁ……）

少し仮眠を取ったら、お昼はそこのケーキにしよう。ケーキはおやつだっていう人がほとんどだろうが、どうせ今から寝たら起きるのは三時ぐらいだ。こう考えると夕食前のご飯にも、おやつにもちょうどいい。ついでに散歩もしておきたいので、そのへんもちょうどいい。

休日は休日でやることがいっぱいだ。

「はぁ……」

黒木は、その日何度目かわからないため息を吐く。

熱釜中央署への配属は、栄転だと思っていた。今までの頑張りが認められて、これからも世のため、人のため、自分の正義のために働けるのだと思っていた。だって、少し前に世間を賑わせた、八方議員誘拐事件と熱釜マラソン・テロ未遂事件の二つの事件を解決に導いた、あの熱釜中央署に配属されたのだ。そう思うのも無理はない。なのに、蓋を開けてみれば、その二つの事件を解決に導いたのはたった一人の青年で。その青年は『事件にめちゃくちゃ遭いやすい』というとんでも体質で。黒木が呼ばれたのは、その青年の雑用係としてだった。

「もう、ツイてない」

黒木は熱釜中央署に配属されてから、今までの幸運のツケを払わされているような気分になっていた。

『花京院付き』になったこともそうだが、入所するはずだった警察宿舎に急遽入れなくなったことも、彼女がそう思ってしまう一端を担っていた。入れなかった理由は、老朽化だ。黒木が配属される直前に、建て替えが決定してしまったらしい。

しかも、代わりにと指定されたマンションはなにげに署から遠く。結構な道のりを通勤の度に歩かされていた。唯一のいいところは目の前にコンビニがあるところだが、そのコンビニもお弁当のラインナップがイマイチである。

もう、とにかく本当に、ツイてない。

「初めて、警官辞めたいって思ったかも……」

弱音を吐くのも初めてだった。

激務は気にならない。忙しいのだって、どちらかといえば嬉しいと思えるタイプの人間だ。けれどそれは、やりがいあってのこと。こんな、事件に巻き込まれた健吾を迎えに行って、報告書を書くだけの仕事、楽しいわけがない。

やりがいないなんて、あるわけがない。


黒木はようやくたどり着いたマンションを眼前に「はぁ……」と再びため息を吐いた。

その時――

「あ、黒木さん！」

背後から、跳ねるような青年の声が聞こえる。振り返れば、そこには健吾がいた。

その後ろには、日傘を差す烏丸の姿もある。彼が日傘を差す理由は紫外線アレルギーだそうだ。太陽光を浴びると湿疹が出るとかなんとか。見た目も相まって『吸血鬼みたいだな……』と思ったことは秘密である。どうやらまだこの前の殺人事件が頭から抜けていないらしい。

黒木は自身の住んでいるマンションを背にしたまま目を瞬かせた。

「お二方とも、どうしたんですか？」

「実は、黒木さんに用事があって……」

「私に用事？」

黒木は首をひねる。健吾が手に持っているのは紙袋だ。中身は見えないが、もしかして花京院邸に何か忘れ物でもしただろうか。

「……というか、なんで私のマンションを知ってるんですか？　お二人に教えていませんよね？」

「私が八方さんに伺いました」

そう言ったのは健吾ではなく烏丸だった。彼はいつもどおりの人を食ったような笑みを浮かべている。その顔からは、やっぱり感情が読み取れない。

正直、付き合っていく上で厄介なのは、健吾よりこちらだ。人なつっこくて温和な健吾は、黒木自身に弟が二人ほどいるせいか、むしろ可愛いとさえ思ってしまうぐらいである。

「八方さんって、もしかして、八方議員のことですか？」

「はい。例の誘拐事件から、八方さんとは懇意にさせていただいているんです。ですので、無理を聞いてもらいました」

八方議員と県警の本部長は親友だと、以前長巻が言っていた。つまり、八方議員から県警の本部長へ、本部長から署長へ、署長から長巻へと指示が伝わって。その逆のルートをたどって黒木の個人情報が烏丸に伝わったということだろうか。

どんな伝言ゲームだ。というか、仮にも警察が個人情報をそんな風に扱ってもいいと思っているのだろうか。

黒木は眉間を揉みながら厳しい声を出す。

「まぁ、言いたいことはいろいろありますが、……何か用ですか？　私も忙しくしている身なので、手短にお願いします」

「実は、これを渡したくて……」

そう健吾が紙袋を差し出したその時だった。

「きゃあぁぁぁぁぁぁ！」

耳を劈くような叫び声が後方から聞こえてきた。振り返ると、そこには黒木の住んでいるマンションがある。

（まさか――）

考える前に飛び出してしまったのは刑事の本能だろうか。

黒木はマンションに飛び込むと、オートロックを解錠し、各階を確かめながら階段を駆け上がる。そして、四階分階段を上がったところでようやく先ほどの声の主を見つけることができた。彼女は震えながら開け放たれた扉の前で腰を抜かしてしまっている。

扉が開いている部屋は、偶然にも黒木の部屋の左隣だった。まさしく、隣人である。

黒木は腰を抜かしている女性に「大丈夫ですか?」と声をかけたあと、部屋を覗く。

部屋は単身者用のワンルームだった。キッチンと一緒になった短い廊下があって、その先に六畳ほどの空間が広がっている。黒木の部屋と同じ間取りだ。廊下にはいくつもの使用していないキャンバスが壁に立てかけられており、反対の壁には風呂場とトイレの扉が一つずつあった。

黒木は廊下を進み、部屋を覗いた。

そして、彼女はそこで対面したのである。

極彩色に彩られた、アートな死体と。

3

黒木は、もはや作品のような死体を前に固まってしまっていた。

(こういうときって、どうするんだっけ……)

刑事として現場に臨場することはあれど、第一でないにしても発見者としてこうして現場に立つのは初めてである。まずは、現場保存を一番に考えて……というのは鉄則中の鉄則だ。だから黒木は、部屋の中には一切入っていないし、何も触らないようにもしている。

廊下は通ったが、これはあとで鑑識に伝えておけばいいだろう。スーツの内ポケットに入れてある手袋は、もうはめてある。

（現場にはあとで簡易なバリケードを張っておくとして。それと、さっきの女性から事情を聞いておかないと。身分証も見せてもらって、被害者との関係性も……）

「ぐ……」

（ぐ？）

自分以外の声に、黒木は首をひねった。後ろを振り返ってみるが、さきほどの声のトーンは男性のものだったし、背後の彼女は、まだ腰を抜かしたまま震えている。それに声が聞こえた方向は後方ではないのだ。前方である。

黒木は前を、声が聞こえた方を、見る。そこにはカラフルな死体があった。……死体？

（死体って、動かない……よね？）

倒れている人間の手が僅かに動く。そして再び、苦しそうな呻き声を上げた。

「ぐぅ……」

その瞬間、黒木は現場保存の鉄則を破り捨てた。

だって当たり前だろう。ここは殺人現場じゃない。目の前にあるのは死体じゃない。

刑事としてこういう現場に踏み込んだことはないけれど、常識のある社会人としてこういうときどうすればいいかは知っている。――人命救助だ。

黒木は部屋に入ると、スーツが汚れるのもいとわず膝をつき、彼に近づいた。そして、呼吸と状態を確かめる。意識はないが、呼吸は……かろうじて。

「すみません！　今すぐ救急車を呼んでください‼　まだ生きてます‼」

黒木は部屋の外で腰を抜かしている女性に、そう叫んだ。

4

「被害者は、赤塚トモヤさん三十二歳。職業は画家。現場は彼がアトリエに使用していた五〇六号室です。外傷を見る限り、背後から何か棒状のもので頭部を殴られており、先ほど救急車で病院に運ばれました。意識が回復するかどうかはまだわかりません」

頬や膝を色とりどりの塗料で染め上げた黒木は、マンションの前で待つ健吾と烏丸、それと通報によりやってきた上条にそう説明した。黒木がスマホで撮った現場写真を回して見せる。殺人事件ではないが殺人未遂事件ということで、現場にはちゃんと鑑識が入っていた。本来ならその鑑識が撮った写真を見せるのだが、黒木が人命救助を優先した結果、現場の保存ができておらず、鑑識の作業にも多大なる影響を及ぼしてしまっているらしい。つまり、作業にも解析にも、いつもよりも多くの時間を要するらしいのだ。なので、スマホの写真を回し見なのである。

話を聞いて、上条は鼻の頭を掻く。

「で、第一発見者の身元は？」

「桃田(ももた)果穂(かほ)、二十九歳、ネイリスト。赤塚さんとは恋人関係らしいです。……まだ」

「まだ？」と上条は訝しげな顔で首をひねった。

黒木は、先ほど軽く聞いた桃田の話を思い出す。

「先日喧嘩をして、その時に別れ話になったみたいです。今日はその話し合いをしようと部屋を訪ねたようで……」

「窓や玄関の鍵は？」

「かかってなかったようです。窓も玄関も同様に。彼女はそれを不審に思ったらしく……」

つまり、あの部屋は密室ではなかったということだ。まぁ、桃田の言葉を信じるのならば、だが。彼女が本当に赤塚の恋人ならば合鍵を持っていてもおかしくないし、そんな自分が疑われないようにあえてそう言ったというのは、十分に考えられる。

第一発見者を疑えというのは、刑事の鉄則その②だ。

「それは、怪しさ満点だな」

「ですよね。一応、他の入居者も確保しています。もちろん、マンションの住人全員というわけではありませんが。私が赤塚さんを見つけた時間帯にこのマンション内にいた人物は、全員部屋で待機してもらっています」

「手際がいいな」

感心したように上条がそう言う。その言葉に、黒木は不謹慎にも喜んでしまった。刑事というのは被害者もいれば加害者もいて、本来ならば、褒められたからといってあまり喜ぶべき仕事ではないのだが、先ほどまでの鬱屈もあり、ちょっと心が軽くなる思いがした。

上条はそんな黒木の変化に気づくことなく、現場写真に再び視線を落とした。

「しかしまぁ。犯人はなんでこんなしっちゃかめっちゃかにしたんだか……」

「これって被害者が使ってる画材ですよね？　抵抗したときにひっくり返しちゃったんでしょうか？」

「どちらかといえば、これは殴ったあとに犯人がかけたって感じがしますけどね」

突然割って入ってきたのは、それまで大人しく話を聞いていた烏丸だった。彼は黒木のスマホを手に取ると、現場の写真を拡大したり縮小したりする。それは、まるで何かを探しているように見えた。

「なんで殴ったあとに塗料をかけるんだ？」

「隠したいもの？」

「それはまぁ、隠したいものがあったんでしょう」

「それはまだ、私にもわかりません。……健吾様はわかりますか？」

「へ？　俺!?」

突然振られた健吾は驚いたように目を丸くして「い、いや。俺にもわかんないかなぁ」とうわずったような声を出した。それは『八條七海殺害事件』の真相をつまびらかにした彼とはまるで別人である。

「まぁ、いい。どうせ犯人はすぐに見つかる。疑問は、その時まとめて聞けばいい」

自信満々にそう言う上条に「どういうことですか？」と黒木は首をひねった。すると彼は、マンションの入り口、その上部を指さす。

「監視カメラだよ。外だけ見ても、マンションの入り口に、駐車場、ゴミ捨て場に、駐輪場と、いくつもあるんだ。マンション内だったらもっとあるだろ？　それを見りゃ、犯人は一目瞭然だ。さっき馬越に頼んどいたから、そろそろ結果がわかると思うぞ？」

そりゃそうだと、黒木はほっと胸をなで下ろす。

あまりにも奇っ怪な死体——ではなくて被害者だったから、事件もきっと難解なのだろうと覚悟していたが、そうだ監視カメラを見れば一発だ。何を気構えていたのだろうか。

そうこうしていると、馬越巡査が「上条さん！」とこちらに走ってやってくる。

「管理人さんに来ていただいて、先ほど監視カメラを確認したんですが……」

「どうだ？　犯人は見つかったか？」

「それが……」と馬越は眉を寄せたあと、健吾と烏丸に聞こえないように声を潜めた。

「実は、午前七時に赤塚さんがここに到着してから、午前十時半に桃田さんが部屋を訪れるまで、誰もこの部屋を訪ねていないみたいなんです」

「はぁ!?　なんじゃそりゃ！」

上条の顔が途端に険しくなる。彼ほど声を上げないが、黒木も同じ気持ちだった。

監視カメラに映らずに部屋を出入りし、赤塚に気づかれず、彼を背後から襲う。

そんなことができる人間は、もはや人間ではないだろう。

(そんなの、透明——)

「まるで犯人は、透明人間のようですね」

とんだ地獄耳を発揮して、烏丸がそう唇を引き上げた。

吸血鬼に透明人間。

まったく。どうなってるんだ、この街は……。

5

四十。

それが、この十階建てのマンションに付いている監視カメラの総数らしい。

各階の廊下に三つずつ。外階段の踊り場に五つとエレベーター内に一つ。それと、先ほど上条が言った、マンションの入り口と駐車場とゴミ捨て場と駐輪場、各一つずつ。

計四十台だ。カメラの死角は、もちろんない。

「監視カメラは、この六つのモニターでチェックし、録画しています。録画は最大七十二時間まで。古くなったものから自動的に消去されていく仕組みです」

(四十台か。結構、多いな……)

健吾はマンションの一階にある管理人室で、管理人である白井重蔵(しらいじゅうぞう)からそう説明を受けていた。

さして広くもない管理人室にいるのは健吾と白井の他に、烏丸と上条と着替えを終えた黒木である。

白井から話を聞く健吾に対し、烏丸は管理人室を物色。上条と黒木は事件があった時間帯の映像を、持参したノートパソコンで確かめていた。

別に相談をしたわけではないけれど、自然とこんな風に役割分担ができあがっているのはチームプレイとしては満点だろう。まぁ、ただ単純に興味が向くところがそれぞれ別ってだけの話だろうが。

健吾はモニターに向いていた視線を白井に戻す。

「もう一度確認しますが、カメラの死角は？」

「ありませんよ。カメラ自体に死角はあるでしょうが、それを補うように三台も各階に置いてあるので、基本的にどれかに映っているはずです」

質問に答えながら、白井は困ったような顔で額の汗を拭う。休日だったにもかかわらず呼び出された彼は、走ってきたのだろう、汗だくになっていた。

「なんか、すみません」

「いいですよ。これも私の仕事ですし」

「あー、いや。そういうわけじゃなくて……。あ、でも、そういうわけになるのかな」

謝ったのは、ちょっと申し訳なく思ったからだ。健吾がこの事件を引き起こしたわけではないが、呼び寄せてしまった可能性は十分ある。つまり彼が休日こうして汗だくで出てこなくてはならなくなったのは、直接的ではないにしても、間接的に健吾のせいかもしれないというわけだ。黒木も今日は休みだったようだし、なんというか、悪いことをした。

しかし、それをどう伝えればいいのかわからない健吾は、視線をさまよわせる。その時、部屋の隅に積んである段ボール箱に目がとまった。

「えっと、この荷物は？」

「あぁ、私がいるときは入居者さんの荷物をお預かりすることもあるんです。ほらここ、宅配ボックスなんて便利なもの付いてないでしょう？　なので、私がその代わりを……」

今積んである荷物は、出張に行っている入居者のものらしい。急遽決まった出張で、受け取り日時を変更するのを忘れていたそうだ。

「再配達を頼むのも面倒だって人もいますからね。ここなら私がいるときはいつでも受け取れますし、みなさん結構頼まれるんですよ」

「赤塚さんの荷物も頼まれたりとかしました？」

「しましたよ。彼、画材類は全部ネット注文しているようでしたから」

「そうですか。……ありがとうございます」

ちょっと深追いをして、赤塚のことを聞いてみたが、結局は何も得られなかった。もしかしたら、今後何かの役に立つかもしれないが、今はまだわからない。

健吾は次に黒木と上条の見ているパソコンを覗き込む。ＳＤカードに防犯カメラの映像が入っているらしく、それを再生しているパソコンの画面はモニターよろしく、六つに分かれていた。その右上の画面で、桃田が赤塚の部屋を訪ね、直後驚いて出てくるシーンが何度も再生されている。

その間、十秒足らず。

部屋を訪ねた桃田が赤塚の後頭部を殴り、倒れた彼に塗料や絵の具を浴びせて、白々しく驚いたふりをして部屋から飛び出した……なんて、可能性も考えていたが、どうやらそれもないようだった。十秒で赤塚を殴って部屋をしっちゃかめっちゃかにするというのは、恐らく無理だろう。

そして、その後に駆けつける黒木の姿も、切り替わったカメラで映し出されている。

「別段変わった様子はありませんね」

「本当に誰も来てねぇなぁ」

健吾の何倍もその映像を繰り返し見ているのだろう、二人はそう言いながら同時に背伸びをした。

「せめてこの時間帯前後に怪しい動きをしていた人とか見つからないですかねぇ」

黒木は録画を早送りしたり、早戻ししたりしながら、怪しい人物を探る。

気がつけば、烏丸も健吾の隣で映像を眺めていた。

健吾は顔を画面に向けたまま、烏丸にしか聞こえないように声を潜める。

「何か見つかったか？」

「まぁ、ほどほどですかね」

「ほどほど？」とオウムのように繰り返す健吾に、烏丸は視線で壁を指した。

「あそこにマスターキーがありました。恐らくあの鍵で赤塚さんの部屋も開けることができるでしょう。なんとかしてここに侵入さえできれば、透明人間はどの部屋にも入り放題だったということになります」

「その前にどうやって透明人間になったのかってことを突き止めなきゃだろ？　極端な話、本当に透明人間になれるんなら、白井さんと一緒にこの部屋に入ればいいだけの話なんだから」

「まぁ、そうですね。でもまぁ、その辺もきっともうじき解けるんじゃないですか」

その確信めいた言葉に、健吾は大きく目を見開いた。

「健吾、ヒントはもう揃いつつありますよ。さぁ、しっかりと頭をひねって考えてください。今回は何点取れるでしょうねぇ」

全てがわかっているような顔で、ふふふ、と不敵に烏丸が笑う。そんな彼を健吾は信じられないといった面持ちで見つめていた、その時だった。

「あっ」

黒木が映像を止めた。そこには一組の男女が映っている。時間はちょうど十時頃だ。

一人はおっとりとした清楚な女性で、年齢は恐らく二十代半ば。もう一人はメガネをかけたスーツ姿の男性だ。こちらは三十代半ばといった感じである。恋人同士なのだろうか、彼らは仲睦まじく一つの部屋に入っていくところだった。

「これがどうかしたのか？」

「あ、いえ。その……」

珍しく黒木が口ごもる。目も泳いでいた。そんな彼女を上条が「なんだ？　はっきり言え」と促すと、黒木はようやく重い口を開く。

「事件には関係ないと思うのですが……」

「なんだ？」

黒木の指が画面に映る男性を差した。

「この方、以前ロビーで見かけたことがあるんですが、たしかその時、この方ではない別の女性と一緒にいたのを思い出しまして。しかも一緒にいた方、お腹が大きかったんですよ。なので、妊娠しているんじゃないかと思ったんですが……」

「不倫か？」

上条がそう言うと、彼らの後ろで話を聞いていた白井が割って入ってくる。

「その方は、黄島秀忠さんですね。奥さんの黄島冴子さんはいま妊娠をされていて、一週間ほど前から出産のため福岡の実家に帰っていたと思います。実家に帰るときに『主人をお願いします』と挨拶をしてくださったので、覚えていたんですよ」

覚えていた理由まで丁寧に説明して、彼は続ける。

「女性の方は森下みどりさんですね。たしか、『あつかま運動公園』の近くにある幼稚園で先生をしていた方です。園児の保護者といい感じになってしまったらしく、辞めたとか。噂になった父親も離婚して、会社も辞めてしまったらしいです。……風の噂で聞きました」

白井が困ったように言った瞬間、上条が画面を凝視しながら「あー……」と声を出す。

「どうしたんですか」

「今、気がついたんだけどよ。俺、この人知ってるわ」

「みどりさんですか？」

「孫が行ってる幼稚園の先生なんだよ。まぁ、俺は数回顔を合わせただけだがな。最近見ないと思ったら。そうか、辞めてたのか……」

残念そうに上条が言う。残念そうなのは、孫の先生が辞めていたからか、その理由が不倫だからか。はたまたそのどちらもなのか。

「でもまぁ、この件は今回の事件とは関係ねぇな」

「ですね。すみません、ちょっと見たことがある顔だと思ったものですから……」

思わず止めてしまっただけなのだろう。黒木はそう言って頭を下げた。

「でも、これだけ監視カメラが付いていて映ってないってことは、犯人は窓の外から侵入したんですかね？」

「ロープを使って、か？　まぁ、あり得ない話じゃねぇけどよ」

真上の部屋ならばまぁ、なきにしもあらずだろう。しかし、赤塚の部屋は五〇六号室。つまり五階だ。一つ上となると六階の窓から……ということになるので、素人考えではちょっと命を張りすぎじゃないだろうかとか思ってしまう。まぁ、相手は赤塚さんを殺そうとしたわけだし、命をかけても何らおかしくはないのだが……。

それに赤塚さんは玄関に足を向けてうつ伏せに倒れていたのだ、窓は頭を向けた側。事件当時、もし彼が絵を描いていたとするならば、窓から入ってきた侵入者には気がつくんじゃないだろうか。

「黒木。赤塚さんを見つけた時間帯にこのマンション内にいた人物は確保してあるって言ったよな？」

その上条の問いに黒木が「はい」と頷くと、彼は大きくため息を吐いて、立ち上がった。

「んじゃ。とりあえず、その容疑者たちに話を聞きに行くぞ」

6

黒木の前に容疑者として並んだのは、たったの四人だった。
【赤塚の恋人】桃田果穂・二十九歳・ネイリスト
【五〇五号室】黄島秀忠・三十五歳・会社員
【六〇六号室】岡村青児（おかむらせいじ）・四十二歳・土木作業員
【四〇六号室】森下みどり・二十六歳・無職
五〇七号室に住んでいる黒木を合わせると、見事に五〇六号室の赤塚を上下左右で囲うような配置である。監視カメラでも改めて確認したが、赤塚が害されたと思われる七時から十時半までの間にここを出入りしたのは、やっぱりこの四人だけだった。

そして、一人ずつ別室に移しての事情聴取が始まったわけだが……。

思っていたとおりというか、なんというか、あまりめぼしい話は聞けなかった。

新しい情報として追記できることがあるとするのならば、桃田と赤塚の喧嘩は「次にデートする場所どこにしよっか?」「どこでもいいよ」「どこでもいいってなんなのよ!」から始まった痴話喧嘩だったということと、黄島と森下はやっぱり不倫をしていたということぐらいである。

ちなみに、平日にもかかわらず彼らがマンションにいた理由だが、桃田は勤めているお店が休みだったからで、黄島はテレワーク(と称して不倫相手とイチャイチャしていたわけだが)、森下は「求職中だから」らしい。

森下は、黄島の他にも男がいるようで、その男から〝資金援助〟という名目で毎月お金を受け取っているらしい。彼女曰く「それで満足してるので、今はあんまり働く気がないんです」とのことだった。健吾がこの街で一番大きな屋敷——花京院家の一人息子だと知ったときも声色を変えて喜んでいたし、もしかしたら彼女は、このまま愛人業を生業にするのかもしれない。

そんな感じの実のない事情聴取だったわけだが、最後に話を聞いた岡村だけは、捜査員たちに新しい情報をくれたのだった。

「透明人間なら、前々から現われてただろ？　なに今更、言ってるんだよ」

彼が言うには、一年ほど前からこのマンションで窃盗事件が多発していたらしい。馬越がすぐさま刑事課の盗犯係に問い合わせたところ、本当にそのとおりで、黒木が入所する一週間前にも窃盗事件が起こっていたというのだ。その際に盗られたのは高級腕時計、その前が指輪、その前が現金だったという。当たり前だが、金目のものばかりだ。

「どうりで、こんな大きなマンションにもかかわらず、入居者が少ないわけだな」

「私、どんなところに引っ越しさせられたんですか……」

宿舎建て替えの件が突然だったにしても、これはないだろう。黒木は頭を抱えた。

「つまり犯人は、元々窃盗目的で侵入したってことですかね？」

「それで赤塚さんに見つかって……か」

話の筋としては通っているが、肝心の侵入した方法がわからない。本当に犯人は透明人間だとでもいうのだろうか。それに、現場をあんな風にカラフルに染めた理由も依然としてわからないままだ。烏丸は何かを隠すためだと言っていたが、何を隠すためだったのだろう。

犯人は一体、何がしたかったのだろう。

それにしても……。

「窃盗犯のこと、なんで言ってくれなかったんですか」

黒木がそう怒ったのは、管理人である白井に対してだった。場所は管理人室の前である。事情聴取は終わらせたが未だ犯人は捕まっていないので、容疑者たちは今もあの別室に残ってもらっていた。

怒る黒木に白井は申し訳なさそうな顔で頬を掻く。

「すみません。無駄に良くない噂を立てたくなかったものですから」

「良くない噂って……」

「実はこのマンション、元クラスメイトがオーナーをやってるんですよ」

白井はそう言いながら眉を八の字にした。

「だから、たとえ警察の方だとしてもあまり吹聴するようなことはしたくなくて。……もちろん、聞かれたら答えましたよ。ただ、警察の方なので、もうこのことは知ってるものだとばかり思っていましたから」

それはたしかにこちらの落ち度だ。係同士の連携が取れていなかった。

ぐうの音も出ない反論に黒木は「そうですね、すみません」と素直に頭を下げた。

「それにしても、ここのオーナーさん、白井さんの同級生なんですね」

「まぁ、私は管理会社に雇われているので、あんまり関係はないんですけどね。同級生だってのも書類を見て知ったぐらいですし」

「すごい偶然ですね。仲の良かった同級生とこんなところで縁が繋がるだなんて！」

その瞬間、白井は意外そうな顔で「え？」と声を漏らした。

「いや、先ほどのやりとりを聞いてなんとなく。違いました？」

「あ、いや。……そうですね」

白井は眉を八の字にする。

「アイツはその、昔から私とは真逆でしたから。アイツの家は大きくて、性格はガキ大将。私は昔っからあまり元気な性格とは言えませんでしたし、家も貧乏で高校にも行けませんでした。……なので、特に仲が良いってことは。ただまぁ、ここの評判が悪くなると困るのは私ですから」

そう言った彼の顔にどこか違和感を覚えながら、黒木は「そうですか」と頷くのだった。

7

結局、その日の捜査は、犯人が見つからないまま打ち切りとなった。鑑識の作業も終わっているので、容疑者の四人には一旦家に帰ってもらい、後日また捜査に協力してもらうという約束を交わした。

黒木としては密かに『赤塚がひょこっと目を覚まして、犯人を指差してくれないかな……』と期待していたが、赤塚はまだ目覚めていないようだった。病院からの連絡はまだ来ない。

黒木は、マンションに背を向けた上条に、頭を下げた。

「なんかすみません」

「何がだ？」

上条が不思議そうな顔で振り返る。健吾たちはもう屋敷に帰っていた。

「なんか結局、最後まで働かせてしまうことになりそうで……」

上条は明日、三月三十一日に、定年を迎える。最後ぐらいはゆっくりと過ごしてほしい。そう思っていたのだが、この分では少し、難しそうだ。

「こんなもん、お前が謝っても仕方がないだろ」

「でも、さすがに……」

「お前、案外そういうことを気にするタイプなんだな？　いっつも、いっつも、仕事しろ仕事しろってうるさいから、老人に無理を強いるのが平気なやつなんだと思ったぞ？」

「失礼ですね！　でもそれは、上条さんが働かないからいけないいんじゃないですか！」

山のような書類の整理に追われていたのも、次々と起こる事件に引っ張り回されていたのも、黒木だけだ。同じ『花京院付き』でも、上条は基本的に机に座って彼女のことを見ているだけ。もちろんヘルプを出したときは助けてくれたし、黒木が配属される前は彼がこの仕事をこなしていたのだろうが、それにしても、あまりにも働かなすぎじゃないのだろうか……と何度思ったのかわからない。

にもかかわらず、署員にはなぜか慕われているので、不思議な人だな、とも思っていた。

「まぁ、俺が辞めたら、お前一人だけだからなぁ。俺が手伝ってたらだめだろ」

「でも私も、……すぐ辞めるかもしれません」

「おいおい」

「だって私。この仕事やっていけるか、自信ないですもん……」

そんな風に愚痴を零してしまったのは、上条の雰囲気が父親に似ているからだろうか。

もう辞めてしまったが、黒木の父親も警察官——刑事だった。

家にもなかなか帰ってこない、遊びにも連れてってくれない、母には心配ばかりをかけて、たまに帰ってきたら入院してたりする。そんな父親だったが、黒木は心の底から彼を尊敬していた。それこそ、同じ職業に就きたいと思うぐらいには、父親のことを敬愛していた。

そんな父親が亡くなったのは、彼女が高校生の頃。先ほどは『辞めてしまった』と言ったが、彼が警察官を辞めた理由は殉職だった。当時の黒木と同じぐらいの少女を庇って、犯人に刺され亡くなってしまった。

そんな父親の訃報を聞いて、黒木が最初に思ったことは、〝悲しい〟ではなく〝らしい〟だった。父らしい、と思ったのだ。そして次に思ったことは、『私が代わりにやらないと』だった。その頃にはもう警察官を目指すことは決めていたけれど、家族を残して死んでいった父が、志半ばでその道を退かなくてはならなかった父が、少しかわいそうに思えたのだ。だから代わりに、彼の意志を継ぐことにした。勝手に。

と言っても、黒木の父はそんな大層な志を持っているような人ではなかった。

「困っている人がいたら手を差し伸べたくなるだろ？　悪いやつがいたら、捕まえなきゃってなるだろ？　そういう感じでずっと生きてて、気がついたら警官になってたんだよ」

「俺はきっと、人から感謝されたくて刑事を続けてるんだと思うんだよな」

彼は生前、警察官になった理由を、刑事を続けている理由を、そんな風に語っていた。

今思い返しても、なんともとぼけた理由だ。でも、それはそれでやっぱり父らしかったし、〝人から感謝される〟なんてわかりやすい到達点は、黒木としても目指しやすかった。

だから――

「私は、書類整理をするために刑事になったんじゃないんです！」

こんな愚痴も出たりするのだ。

でもきっと、本当に悪いのはこの状況ではなくて、現実を直視することができない自分なんだと思う。憧れの仕事に就けたのに「こんなはずじゃなかった！」なんて、夢と現実を混同しすぎたやつの常套句だ。

「まぁ、辞めたきゃ辞めりゃぁいい。それもお前の人生だからな」

突き放すようにではなく、優しくそう言われ、黒木は顔を上げる。

「でもまぁ、お前が辞める理由が『やりがい』とかなら、もうちょっと考えてみてもいいんじゃやないか？」

「考える？」

「言っておくが、健吾くんの側は間違いなく、この日本で一番犯罪が起きる場所だぞ？」

なぜか自信満々に、上条は唇を引き上げて笑った。

「いまはただ雑務をこなしてるだけに思うかもしれねぇがよ。まぁ、そんだけの事件に関わってたら、いやが応にも巻き込まれるし、やることも出てくる。救うやつも出てくるし、感謝だってされる」

「そう、ですかね」

「でもまぁ、こういうのは受け手次第だからな。それでも『やりがいがねぇ！』ってんなら、辞めた方がいいだろうな。やりがいもないのに、刑事なんて続けられねぇのは、俺だってわかるからな」

上条は頭をガシガシと掻く。

「ただまぁ。俺個人の願いを言っていいなら、黒木には健吾くんを助けてやってほしいとも思うよ」

「助けてやってほしい？」

「彼の親父さんに頼まれたんだよ」

その言葉に、少し前に聞いた健吾の父親の話を思い出す。

彼の父親はたしか、行方不明になっていたはずだ。しかも、連続殺人という物騒な事件の直後に。

「行方不明になるちょっと前にな。『私はこんな感じだから、いつ死ぬかわからない。もし私に何かあったら、健吾のことをよろしくお願いしますね』って。今考えたら、自分がいなくなることがわかっていたみたいだけどな」

「でも、健吾さん、助けがいる感じには見えませんけどね。事件に自分から首を突っ込むぐらいには逞しいですし」

そう苦笑する黒木に、上条は頭を振った。

「彼が事件に首を突っ込み始めたのは、あの烏丸って胡散臭い男が来てからだよ。期間で言ったら、この半年ぐらいか。それまでの彼は、事件が起こる度に現場で申し訳なさそうにしてる、ただの何の変哲もない青年だったよ」

その健吾の意外な過去に、黒木は目を瞬かせた。現場で申し訳なさそうにしている健吾なんて、今では想像ができない。

「性格は今と変わらなかったんだけどな。明るいし、優しいし、人当たりもいいし。だけど、事件が起きて俺が到着すると、決まっていつも彼は、すみません、って申し訳なさそうに頭を下げるんだ。別に彼が悪いわけじゃないし、誰も責めてなかったんだけどな。それでも、まぁ、そう言わずにはいられなかったんだろうな」

そういえば彼は、今でも事件が起こる度に「すみません」と頭を下げることがある。もしかしたらあれは、その時の名残なのかもしれない。

「だから俺は、健吾くんが事件に首を突っ込むようになって、良かったと思ってる。仕事は増えたが、前よりずっと降りかかる事件に対して前向きになってるからな。まぁ、〝事件に前向き〟ってのは、聞きようによってはあんまりいい言葉じゃねぇのかもしれねぇが」

「そう、だったんですね」

「あぁ。だから俺は、黒木に健吾くんのことをフォローしてやってほしいと思ってるよ。これからもああやって、前向きに事件に関わらせてやってほしいってな」

同じフォローでも長巻の言っている『フォロー』と上条の言っている『フォロー』では意味が違う。そういう意味で上条の言葉は黒木にとって呑み込みやすかった。

「でもまぁ、これはあくまでも俺の願いだからな。それでも辞めたいってなら、止めないぞ。これ以上、娘さんを引き留めたら、伊吹さんにも申し訳ないからな」

「え？　父を知ってるんですか？」

「まぁ、四十年近くも刑事をやっていたらな」

伊吹というのは、彼女の父親の名だ。黒木の実家はここととは少し離れているので、まさか上条が知っているとは思わなかったのだ。

「〝杏〟って名前は〝人の役に立つ〟って意味でつけたんだってな」

「そうなんですか……？」

「なんだ、知らなかったのか。『杏が薬にも食用にもなる実だから、〝杏〟って名前には、〝人の役に立つ〟って意味があるんだ』って。伊吹さん、何度も俺に聞かせてくれたよ」

「そう、なんですね」

自分の名前の由来など聞いたことがなかった。父が決めたのか母が決めたのかそれも知らなかったし、父が決めたのだとして、単に響きが良かった、とか、そんな適当な理由だと思っていたからだ。でもたしかに〝人の役に立つ〟という名を子どもにつけるというのは、すごく父らしい。

「……上条さん、それはずるいですよ」

「ずるい？　何がだ」

「そんなこと言われたら、もうちょっとやってみようかなって、思うじゃないですか」

まだ何も、人の役に立ってない。もしかしたら、知らないところで誰かの役に立っているのかもしれないが、実感はない。こんなの、文字どおりの〝名ばかり〟じゃないか。

もしくは〝名折れ〟、〝名前負け〟でもいいか。

そう決心した黒木に、上条は「おぉ。そりゃ良かった」と喜ぶような声を出した。

「でも、もう少しだけですからね」

「わーってるよ」

それでも嬉しいのだろう、上条は安心したように顔をほころばせた。

「それにしても、上条さんも烏丸さんのこと〝胡散臭い〟って思ってたんですね」

「いや、あれは思うだろ。たとえ刑事じゃなくても、あいつの怪しさは一目瞭然だからな」

「ですよね！」

そう、烏丸の悪口に花が咲きそうになったときだ。黒木のスマホが電子音を響かせた。

彼女は発信者を見て「げ」とあからさまに嫌そうな声を上げる。

『烏丸怪』

もしかしてどこかで二人の会話を聞いていたのだろうか。健吾たちはもう帰ったはずだが、彼ならどこかで聞いていてもおかしくない。

そういう不気味さが常についいて回る男だ。彼は――

「また無理難題ですかね。どうしよう、今日ぐらいゆっくり休みたいのに……」

「まぁ、もし無理難題だったら俺が電話を代わってやるから、とりあえず出てみろ」

「はい……」と嫌そうに返事をして、黒木は電話に出る。すると、あの嫌みで、陽気で、人を小馬鹿にしたような声が電話口から聞こえてきた。

「こんばんは、黒木さん」

「はい、こんばんは。何用でしょうか、烏丸さん」

「実は、あなたにお願いしたいことがありまして」

「またですか……」

黒木はがっくりと肩を落とす。次はどんなものを調べてこいと言われるのだろうか。警察署内にあるデータだけで済むならいいが、聞き込みもしてこないといけないなら、明日だけで済むかどうかわからない。

しかし、烏丸が口にしたのは、あまりにも意外なお願いだった。

「明日、走っていただけませんか？」

「え？　走る？」

「はい。今日悲鳴を聞いて階段を駆け上ったじゃないですか、あの時と同じように明日走っていただきたいんですよ」

「別にいいですけど、……なんで？」

「それは明日のお楽しみです」

そう言う烏丸の声は笑んでいるように聞こえる。何かいいことでもあったのだろうか。

「詳細はまた追ってメッセージをお送り致しますね」

「……わかりました」

「あぁ、そうそう」

電話を切ろうとした直前、彼はそうやって黒木を引き留めた。

「黒木さん、あなたってツイてますね」

「はい？」

「ではまた明日」

言うだけ言って彼は電話を切った。

最後に告げられた意味のわからない言葉に、黒木は首を傾げるのであった。

8

どうしてこんなことになってしまったのだろうか。

ここ数年、朝を迎える度にそう考える。

私はどこから間違ってしまったのだろうか。どこから狂ってしまったのだろうか。

一年前、彼らが言うところの透明人間になったときからだろうか。

それとも二年前、十五歳から働いていた工場をクビになり、今の管理会社に薄給で拾ってもらったときからだろうか。

もしくは学生時代、アイツと知り合ってしまったときからだろうか。

ともすれば、そもそも生まれてきたのがいけなかったのかもしれない。

「白井さん、おはようございます」

事件が起きた翌朝、管理人室内にいた私に、誰かがそう声をかけた。

「……おはようございます」

挨拶してきたのは、昨日、花京院健吾と名乗った青年とその執事。それと、一人の刑事だった。刑事の名前はたしか、上条、だったか。

人相のよろしくないその刑事は私の前に立ち、逮捕状を見せ、冷たくこう言い放つ。

「白井重蔵さん、あなたを赤塚トモヤさん殺人未遂容疑で逮捕します」

本当にまったく、どうしてこんなことになってしまったのだろうか。

9

「えっと、何かの冗談ですか？」

容疑者と名指しされ、白井は狼狽えたようにそう言った。そんな彼に、上条は先ほどと変わらぬ、あまり感情を感じさせない声で「冗談ではありません」と返す。

「冗談じゃないって！　冗談じゃないのなら、突然なんなんですか！　訳がわかりません！　私が赤塚さんを殺そうとしただなんて！　あの日私は、現場どころかマンションにさえもいなかったんですよ!!　疑っているのなら、監視カメラを何度でも見返していただければ……」

「はい。あの日の監視カメラには、あなたはたしかに映っていませんでした」

そう言ったのは上条ではなかった。未だ十代の幼さが残る青年――花京院健吾である。

白井はその証言に縋るように「それなら――」と口を開いた。しかし、被せるように、彼はこうも続ける。

「しかし、〝映っていない〟ことは〝そこにいない〟ことの証明にはならないんですよ」

「……どういうこと、ですか？」

「それは、見てもらった方が早いかもしれません」

言うやいなや、健吾はスマホでどこかに電話をかけ始める。そして「黒木さん、そろそろ準備はいいですか？」と電話口の相手に話しかけた。黒木というのは、あれだ。このマンションに住んでいる、あの女性警官のことだ。彼女が今から何かをするらしい。

「どういうことですか？」

「白井さんはこちらの防犯カメラを見ていてください」

怪訝な顔をする白井にそう言ったのは、烏丸と名乗ったあの不気味な執事だった。言われるがままにモニターを覗けば、いつもと変わらないマンションの廊下が目に入る。視界の端に映る健吾は、腕時計を見ながら何かタイミングを計っているようだった。

そして——

「それでは行きます。よーい……どん！」

彼がスマホに向かってそう言った数秒後、黒木がマンションの入り口から飛び込んでくる。そして、管理人室の横を通り、そのまま階段を駆け上っていく。

「監視カメラの映像を、よく見ていてください。彼女は昨日、桃田さんの悲鳴を聞いて、現場に駆けつけました。今、その時とまったく同じように階段を駆け上ってもらっているんです」

ねっとりとした烏丸の声に、白井は嫌な汗を頬に滑らせた。

（まさか……）

そんなことがあるのだろうか。そんな偶然が起こりうるのだろうか。

彼が見つけた透明人間になる方法を、彼女は偶然引き当てたというのだろうか。

そんな彼の当たってほしくない予想どおりに、彼女はまったくモニターに映らない。

「これは……」

「不思議でしょう？　私も最初この映像を見たとき、心底不思議に思いました。どうして、黒木さんが階段を駆け上っている姿が一度もカメラに映り込んでいないのだろう、とね」

カメラが切り替わり、映像が赤塚の部屋の前で止まる。すると、そこにはカメラに向かってピースを掲げる黒木がいた。

「しかしその謎は、すぐに解けました。ね？　健吾様？」

「あ、あぁ。それはカメラの台数とモニターの数に秘密がありました」

健吾はモニターに手を触れる。

「このマンションには監視カメラが四十台設置されています。十階まである各フロアの廊下に三つずつ。それと、外階段の踊り場に五つとエレベーター内に一つ。マンションの入り口と駐車場とゴミ捨て場と駐輪場にも、一つずつ。計四十台です。これを聞く限り、このマンションに死角はないように思えます。いいえ、実際カメラの捉えている範囲に死角はないのでしょう。しかし、ここで注目してほしいのはカメラの台数ではなく、それを録画しているモニターの数です。カメラ四十台に対して、モニターは六台しかないんです」

「――っ」

この瞬間、白井は自分の考えたトリックが彼らに看破されていることに気がついた。

かつてないほど身体がすくみ上がり、手足が自然と震えてくる。

俯く白井を尻目に、健吾はなおも推理を続ける。

「白井さん、あなたは俺にこう言いました。『監視カメラは、この六つのモニターでチェックし、録画しています』と。それは裏を返せば『モニターに映っていない時間は、たとえカメラに映っていたとしても記録はされない』ということです。昨日の黒木さんは、この隙間をたまたま、奇跡的に、縫ってきた」

五階まで駆け上った黒木が、エレベーターで一階に帰ってくる。そして、管理人室に入ってきた。こいつさえいなければ……と下唇を嚙みしめると、健吾が再び口を開いた。

「カメラの台数は四十台。モニターは六台。単純計算でもモニター一画面に割り当てられるカメラの台数は、六台もしくは七台。カメラが切り替わるのが十秒に一回だとして、その十秒間、残り三十四台は機能していないのと同じことになるんです。もちろんカメラの切り替わるタイミングを知らなければ、黒木さんのような奇跡的なタイミングを捉えない限り、ほぼ確実にモニターに映ってしまうでしょう。しかし、管理人であるあなたはカメラの切り替わるタイミングを知ることができた。しかも、このトリックを補強する、とあるアイテムもこの部屋にあったんです」

「それは……」

「マスターキーです」

健吾の指した先には壁に掛かったマスターキーがあった。

息をのむと、隣の烏丸が耳元で嫌な声を出す。

「あなたはこの監視カメラのトリックに加え、マスターキーを使用した。つまり、どうしても死角に隠れられない場合は、空き部屋に隠れたんです。このマンションは窃盗事件が相次いだために、空き部屋も多くなっていましたからね。あなたはそうやって、一年前から、このマンションの管理人でありながら空き巣を繰り返していた。そして、それをたまたま赤塚さんに見つかってしまったのでしょう。だからあなたは、それと同じ方法を用いて部屋に侵入し、赤塚さんを襲った」

その言葉に上条が「赤塚さんの銀行口座にあなたからの入金が確認できました。一ヶ月に数万円ずつ。ここ二、三ヶ月の話ですね」と補足を入れる。暗に〝白井は赤塚に脅されていた〟と言いたいのだろう。

白井はモニターに向けていた目を血走らせながら、決死の思いで振り返った。そして、これ以上ないほど声を張る。

「でもそれは、私がやったという証拠にはならないはずだ！」

「まだ犯行を否認するんですか？」

冷たい黒木の声に、白井はモニターを、バン、と叩く。

「彼らが言ったことは、私に犯行が可能だったというだけの話だ！　監視カメラのタイミングだって、私が休みの日にチェックすればいいいし！　マスターキーは管理人室をピッキングでもなんでもしてこの部屋に入り、盗んで合鍵を作ればいいだけの話じゃないか！

赤塚さんへの入金だって、借りていたお金を返しただけだ。他意はない！」

　こんな抵抗は気休めにしかならない。

　そんなことは白井にだってわかっていた。しかし、このまま何も言わなければ自分は捕まってしまうだろう。もし彼らの推理が本当だとしても、あがく余地はまだあるはずだ。

　そんな思いを胸に、白井は更に声を大きくした。

「私は昨日、このマンションには来ていませんし、赤塚さんの事件と私は関係ない！　私を捕まえたいのなら、もっと他に証拠を出してからにしてください!!」

　最後の抵抗を見せた白井に、健吾は息を一つついた。そして悲しげに視線を落とす。

「白井さん。あなた、監視カメラにバッチリ映ってるんですよ」

　その言葉を発したのは健吾ではなく、黒木だった。

　思いも寄らぬ言葉に「え？」と間抜けな声が漏れる。しかしすぐさま白井は己を取り戻した。呆けている場合ではない。

「う、嘘だ！　私は監視カメラには映っていない！　なんならここで確認を――」

「このマンションの監視カメラではなく、マンションの前にあるコンビニの監視カメラにあなたが映っていました。昨日の朝、休みであるはずのあなたがマンションに歩いて行く姿と、その後、不自然に汚れた姿で走って帰って行く姿が、バッチリと……」

　白井は言葉を失った。そして続けざまに上条が口を開く。彼は気がつかない間にどこかと電話をしていたようだった。

「先ほど赤塚さんが目を覚ましたそうです。まだ話せる状態ではないそうですが、自分を襲った犯人の名前を言えるようになるのに、そう時間はかからないと思います」

最後の抵抗をそうあっけなく躱(かわ)されて、白井は膝をついた。

もう無理だ。さすがにもう、否定しきれない。

そんな彼の側に、黒木も膝をついた。そして肩に手を回す。それは、白井を〝確保した〟というよりは〝支えている〟ような感じである。

「なんで、空き巣なんか始めたんですか。そんなにお金に困っていたんですか？」

「それは……」

たしかに今の自分の生活は、金銭的に余裕があるとは言えない状況だ。両親の借金も返さなくてはならないし、毎月カツカツで細々と生活をしているのが現状である。しかし、空き巣をしていたのは、金品が目的ではない。あんなのただの副産物だ。

(私が空き巣をしていた理由は――)

「白井さんは、このマンションの価値を落とそうとしていたんじゃないですか？」

白井は健吾の言葉にぎょっとした。図星だったからだ。

まるで白井の心を読んだかのように、健吾はそのままのテンションで「もしくは、悪い噂を立てて、マンションの住人を減らそうとした、とか……」と続けた。

「あなたはここのオーナーである同級生の方を、そんなに良くは思っていないようでした。むしろ、嫌っているように見えた。白井さんが所属しているのは管理会社です。そして、マンションを実際に持っているのはその同級生。どちらが上でどちらが下だということはないけれど、あなたは、それにどうしようもないほどの屈辱を感じていたのではないですか？」

屈辱？　屈辱じゃない。感じていたのは理不尽さだ。

白井は手を握り締める。

学生時代、彼につけられたタバコの痕は、まだ消えていない。面白半分にナイフで切りつけられた傷だって、まだ薄く残っている。かけられた侮蔑の言葉はまだ耳朶に蘇ってくるし、つけられた心の傷は、夜になると思い出したかのようにうずき出す。

イジメなんて生やさしいものではない。

アレはれっきとした傷害事件で、一方的な暴力だった。

そんな彼から離れて、三十年。

もう全て吹っ切れて、吹っ切れたことも忘れた頃、やつの近況を知った。

管理会社に再就職して、初めて任されたマンションだった。

そこのオーナーがやつだったのだ。

彼は今、親の会社を継いで、小さな会社の社長となっていた。奥さんも娘も息子もいて、日々忙しく過ごしているらしい。このマンションも両親から引き継いだもので、道楽の延長として運用しているというのだ。

書類から見て取れる彼の生活はとても充実していて、少なくとも白井よりは楽しい人生を謳歌しているように見えた。

　そのことに対して、白井は別段、怒りは感じなかった。ひどい暴力を受けていたっていっても、それは三十年も前の話だ。そのことに対して、何かを思うほどの感情も持ち合わせていなかったし、ただの紙切れの情報だけでその人の人生が推し量れるわけではないというのは、これだけ生きていればなんとなく理解できた。ただそれでも、どうしようもないほどの理不尽さは感じた。

　どうして、生まれる場所が違っただけで、こうも人生に差がつくのだ。

　どうして、真面目に日々を積み重ねていた自分と、そんな自分を踏みにじっていた彼の人生が、少しも逆転していないんだ。

　どうして、今自分はこんなところに立っているんだ、――と。

　もし白井が何かに怒りを感じていたとするならば、それはきっと、運命に、だ。

　でもその答えを、どちらかと言えばアイツ側（恵まれている）にいる彼に、聞かせてやるつもりはない。

「わかったような口をきくなよ……」

　白井は絞り出すようにそれだけ言った。

10

「一つ質問していいですか？」

白井が他の警官に連行されていったあと、マンション前で、黒木はまるで教師にわからないところを聞く生徒のように健吾たちに質問した。

「結局、なんで赤塚さんはあんなカラフルな感じになってたんですか？　その謎だけ未だに解けてないなぁと思いまして……」

「あぁ。それは、凶器を隠すためですよ」

烏丸の言葉に、黒木は「凶器？」と首をひねる。それと同時に（なんで烏丸さんが答えるんだろう……）という疑問が頭をかすめたが、しかしそれも、烏丸の言葉にかき消されてしまう。

「えぇ。黒木さん、あなた前に『赤塚さんは背後から何か棒状のもので頭部を殴られた』と言っていたでしょう？　その凶器、実はキャンバス裏に渡してある木だったんですよ」

キャンバスの白い布が張られた、その裏。木製の部分である。

「昨日、白井さんが言っていたでしょう？　『赤塚さんも画材類は全部ネット注文しているから、届いた画材はここで預かっておくこともある』と。白井さんは赤塚さんを殺すために、届いたキャンバスの一つに細工をして、真ん中に渡してある木を外れやすくしていたんでしょう。赤塚さんはキャンバスを部屋の入り口に置いておく癖があり、その向かい側には風呂場とトイレの入り口がありました。そのどちらかに隠れておけば、赤塚さんが部屋に入ったあと、凶器を手に取り、彼をスムーズに襲うことができる。もちろん、細工を施したキャンバスは自分にだけそれとわかるように印をつけておいたのでしょうね」

「それはわかりましたけど。なんでそれと、赤塚さんがカラフルにされたことが繋がるんですか？　凶器である木を隠すだけなら、キャンバスに戻せばいいだけの話ですし、絵の具をひっくり返す必要はなかったんじゃないですか？」

「白井さんも最初はそう思っていたんでしょうね」

何もかも知っているような、むしろ見ていたのではないだろうかというような目を、彼はゆっくりと細めた。

「血ですよ」

「血？」

「白井さんは凶器に付いた血の赤を隠すために、そこらへんにあった塗料や絵の具をひっくり返したんです。彼も人を殺そうとしたのは初めてだったのでしょうね。血が飛び散ることまでは予想できなかった。だから、血の赤を他の色で隠そうとしたんです」

「だから、赤塚さんのそばに何も描いてないキャンバスが何枚か落ちてたんですね」

「ま、彼にとっても苦肉の策だったのでしょう。だって、キャンバスの裏に渡してある木が凶器だとバレてしまったら、それに細工ができた人間が犯人だということになってしまう。彼が宅配物を預かっているというのはこのマンションの住人ならば大体の人間が知っていたでしょうし、容疑者の候補に挙がってしまうことは容易に想像がついたのでしょう」

「しかし、そんなことよくわかったな……」

感心したような上条の言葉に、烏丸はにやりと嫌な笑みを浮かべる。

「何を言っているんですか。血の赤と絵の具の赤は全くの別物でしょう？　似ても似つかない。似せるために混ぜ合わせた赤だとしても、私の目はごまかせませ……」

そこまで堂々と言い放ったあと、烏丸は一瞬固まった。そして、すぐにくるりと身を翻し、健吾の両肩を持ち、黒木たちに向ける。

「ん――と、健吾様がおっしゃっていました。昨晩」

そんなことはわかっている。

きっと烏丸はこの控えめな主人のために、昨晩、健吾が語って聞かせたという推理を披露してみせたのだろう。

「そういうことなら、鑑識の人に言っておかないといけませんね。キャンバスは持って帰っていると思うので、その渡し木を念入りに調べてもらうことにします」

「よろしくお願いします」と健吾が頭を下げると、黒木はぐーと背伸びをする。

「それにしても、まさか自分の住んでるマンションで事件が起こるとは思いませんでした。せっかくの休日も潰れちゃいましたし、次に休みが取れるのはいつになることか……」

「そういうのは長巻さんに言えばなんとかなると思うぞ」

「え！　本当ですか!?」

上条の言葉に黒木は齧りついた。

「まぁ、あの人もうちの激務は理解してるからな。言えば、代わりの休みもらえると思うぞ。まぁ、今回の事件の報告書を出してからにはなると思うが……」

「それでも全然大丈夫ですよ！　それなら今日中に出して、明日休ませてもらおう！　やった！　いいこと聞きました！　ありがとうございます」

思っているよりも疲れていたのだろう。休みがもらえると聞いて、年甲斐もなくはしゃいでしまう。

「ま、ほどほどに休みながら頑張れ」

「はい！」

いつもならここで「上条さんも頑張るんですよ！」と口を尖らせるのだが、彼は今日で最後だ。最後の日ぐらいはゆっくりしてもらいたい。それに、今朝マンション前のコンビニに掛け合ったくれたのは他ならぬ彼なのだ。報告書を書くぐらい、自分がやろうじゃないか。

そう拳を振り上げたときだった。

「黒木さん」

人なつっこい青年の声に黒木は彼の方を見る。すると、昨日のとはまた違う紙袋を、健吾は黒木の方に差し出してきた。

「これ、もし良かったら……」

「これは？」

「普段、お世話になっているのでそのお礼です。あと、これからよろしくお願いしますの意味も込めて。本当は昨日、烏丸と一緒にそれを届けに行ったんですけど、あんなことになっちゃって……」

「生ものだったので、昨日のは自分たちで食べちゃいました」と彼は笑う。

紙袋を開けてみれば、中には四角い白い箱。この箱は、おそらくケーキだ。そして、すかさず紙袋のロゴを見て、ハッとした。これって——

「駅前にできたケーキ屋さんのものです。昨日は定休日だったらしくて買えなかったんですが、今日は開いていたので……」

「これ、食べたかったやつです……」

「本当に運がいいですね。昨日だったら別の店のケーキでしたよ」

烏丸の言葉に黒木は顔を上げる。運がいい。そうだ、本当に。

「良かったな」

そう言う上条に頭を撫でられ胸が温かくなる。「はい！」と元気よく返事をすれば、上条は顔をくしゃっとさせて歯を見せた。

「あと、上条さんにはこれを……」

健吾は烏丸から受け取った紙袋から何かをとり出す。

それは色とりどりの花が詰まった、小ぶりな花束だった。

それを上条に差し出しながら健吾は笑う。

「長い間、俺を守ってくれてありがとうございました」

柔らかく表情を崩す健吾。そんな彼から花束を受け取る上条は、ちょっと恥ずかしそうにしながらも嬉しそうだった。「参ったなぁ」なんて鼻の頭を掻いているが、全然参っているようには見えない。

(もしかしたら、運が良かったのかもしれないな)

一緒に行動することになった彼が、本当に優しい子で。

黒木は目の前の光景に、頰が緩むのを感じた。

11

「結局、黒木さんにお礼するつもりが、また妙な事件引き起こしちゃったな……」

屋敷への帰り道、健吾はそう愚痴を零した。隣を歩く烏丸は、肩を落とす彼を見下ろしながら、いつもの黒い傘をくるりと回す。

「まぁ、いいじゃないですか、結果オーライですよ。上条さんに花束を渡しに行く手間が省けて良かったと考えようじゃありませんか」

「お前な。そういうのは〝省けて良かった手間〟に加えちゃ駄目なやつだぞ」

「そうなんですか?」と烏丸は首をひねる。

〝恩人にお礼に行く〟ことを〝省けて良かった手間〟に加えたら、お礼を言う方も、言われる方も、気持ちが半減してしまうではないか。

「でもまぁ、やっぱりこのタイミングで事件が起こったのは良かったんじゃないですか？」

「なんで？」

「あのまま白井さんを放置していたら、襲われていたのは赤塚さんではなく黒木さんだった可能性がありますからね」

「え？」と健吾は目を瞬かせる。

「彼女は警察官で、正義感も強い。白井さんにとって邪魔な存在だったのは間違いありません。現に彼女が引っ越してからの一ヶ月間は、空き巣も起きていなかったようですしね。ですから、黒木さんがいずれ白井さんのターゲットになっていた可能性は否定できません。そして、その時に彼女の命が無事だという保証もない」

烏丸はもう一度日傘をくるりと回す。

「だから、今回で良かったんですよ。誰も命を落とさずに済んだわけですしね。赤塚さんには申し訳ありませんが、彼は彼で人を脅していたわけですし、非がないとは言えませんからね」

烏丸の理屈に、健吾は彼を見上げながら苦笑を零す。

「前々から思ってたけど。なんかお前、変わった考え方するよなぁ」

「おや。いけませんか？」

「いいや。俺とは考え方が違うから、いろいろハッとさせられるし、そういうところは結構救われてるよ。……ありがとな」

烏丸の目が見開いた。そうして、数回瞬きを繰り返す。鳩が豆鉄砲を食らったような顔というのはこんな顔だろうかと、健吾は烏丸を見上げながら思った。

数秒間そんな顔で固まったあと、烏丸は健吾と同じように苦笑を浮かべる。

「お礼はいいですから、次回はもっといい点数取れるようになってくださいね」

「お前、今このタイミングで、それを言うのかよ……」

「いや、さすがに今回の十二点はないです。最近の事件では最低の点数ですよ」

「……頑張ります」

「はい。頑張ってください」

烏丸の日傘がくるりと回る。

見上げた彼の顔は、どこか少し機嫌が良さそうだった。

第三章　稀代の人たらし×脅迫状×爆発物

1

早く、早く、早く！

早く、この部屋から出なくては！


目を覚ました次の瞬間から、武井秀彦はその衝動に突き動かされていた。

心臓の音と部屋の中で鳴る秒針の音が、彼に冷や汗を噴き出させる。

暗い室内。見えたのは、窓の外でこちらを見下ろす月明かりだけ。

武井は何も考えず、それだけを目指して走り出した。ここは一体どこなのか。誰がこんなことをしでかしたのか。どうして自分がこんな目に遭っているのか。そのどれか一つでも考える余裕があれば、これから起こる悲劇は防げたかもしれない。

武井は勢いよく窓から外に飛び出す。そして、すぐさま後悔した。

急に身体にかかる重力。宙を蹴る足。助かろうとして伸ばした手は、空しく虚空を摑んだ。

「わあぁぁぁぁぁ！」

今まで生きてきた中で、一番、無様な声が出た。

（いやだいやだいやだ！　死にたくない！）

そう思っていても地面は容赦なく迫ってくる。

「社長!!」

その声にふと、これから自分が叩きつけられるだろうアスファルトに視線を移す。そこには、見知った人物が立っていた。

驚いた顔でこちらを見上げているのは、会社の事務を任せている女性社員。その隣に立っているのは、茶色い髪のいかにもな好青年と、彼の執事だという気味が悪いほどの美形。

花京院健吾と烏丸怪だ。

「どうして……」

呟いた直後、驚く彼らの足下に、武井は勢いよく顔面を叩きつけた。

2

「警察には何も言わず、友人に来た脅迫状の送り主を見つけ出してほしいんだ」

その電話が来たのは、武井が顔面をアスファルトに叩きつける十時間ほど前。休日だからと惰眠を貪っていた健吾が、烏丸に起こされ、少し遅めの朝食を食べているときだった。

電話をしてきたのは、熱釜市の市議会議員である八方美人議員。彼は以前、烏丸と健吾が誘拐から助け出した人物だった。『美人』の名にふさわしく、アイドル顔負けの爽やかさを持つ彼は、やはり暑い日の炭酸水のような清々しい声色で続けてこう言った。

「友人はもうそっちに向かわせているから、健吾くん、烏丸くん、あとはよろしく頼むね！」

返事はさせてもらえなかった。なぜなら、その前に電話が切れたからである。

この人は、いつもこうだ。


八方美人議員。健吾は彼ほど『名は体を表す』人物を見たことがない。『美人』という名のとおりに、彼が烏丸とはまた違った意味で人を惹きつける容姿なのは先ほども言ったとおりだが、彼の最大の特徴は『八方美人』の四文字熟語が示すように、人付き合いがものすごく上手いことだ。知り合いも、友人も、たぶん恋人も、人の何倍も多い。県警の本部長だって、大物政治家だって、数々の被疑者を無実にしてきた敏腕弁護士だって、彼にとっては、友人であり、親友であり、使える駒、である。要するに彼は、『稀代の人たらし』なのだ。

そんな『稀代の人たらし』にとって、烏丸と健吾もまた、友人であり駒だった。

彼は友人として、県警本部長に二人の捜査の介入を提案してみたり、事件解決のためにその膨大な人脈を提供したりしてくれる。かと思えば、こうやって彼の友人の問題を解決するための駒として使われることもある。持ちつ持たれつ。なのか、ただ使われているだけ。なのかは定かではないが、まぁ、もう彼とは浅からぬ関係だ。

そんな彼からの久々の電話は、駒、としてのものだった。

電話を切った数秒後。まるでタイミングを計ったように屋敷のブザーが鳴り、八方議員の友人だと名乗る男が訪ねてきた。

それが、武井秀彦だった。

追い返すわけにもいかず、とりあえず話を聞くために部屋に通す。彼は横柄な態度で烏丸を押しのけ、健吾に片手で「町工場で社長をしている」と名刺を渡してきた。タケイ鉄工所。聞いたことはある……程度の名前である。

「えっと、八方さんから少し話は聞きましたが、脅迫状が来たんですよね？　なぜ警察に相談せずにうちへ？」

いろいろ聞きたいことがあったが、まずはこう切り出した。すると武井は口をへの字にしたまま「そんなの、警察に知られると面倒になるからに決まってるだろうが！　勘が鈍いやつだな！」と机に三通の封筒を叩きつけてくる。どうやら、それが脅迫状らしい。

武井は勧めてもいないのに勝手にソファーに座り、ふんぞり返ると、顎をしゃくって「読め！」と命令してきた。初めて会った他人にこの調子なところを見ると、彼はどうやらいい社長ではなさそうだ。脅迫状が届いて不安になっているのに、信頼していた友人から紹介された探偵がこんな若輩者だった……という彼の気持ちを慮ったとしても、これはちょっと粗暴すぎる。

呆れかえる烏丸を横目に、健吾は宛名も差出人も書かれていない洋形封筒を開けた。中には一枚だけ紙が四つに折りたたまれて入っている。

その内容は……

『サイトウを殺したのは、武井、お前だ。その罪を認め、遺族に謝罪しろ。さもなくば、私がお前の命をもって償わせることになるだろう』

というものだった。

言い回しは多少変わっているが、三通とも内容は同じ。新聞紙の文字を切り取ったような古典的な脅迫状ではなく、ワープロソフトで作った文章をプリンターで出力した、という感じの無機質な脅迫状である。

たしかにこれは、警察に持って行きにくい。『殺した』という文字が不穏すぎる。こんなものを警察に持って行けば『被害者扱い』から一気に『加害者扱い』になってしまうだろう。

「えっと、この脅迫文に出てくる『サイトウ』さんというのは？」

「前にうちに勤めていた齋藤裕次郎って男性社員だ。半年前に首を吊ったがな」

「その自殺の原因が、武井さん？」

健吾の迂闊な発言に、武井は「違う！」と声を張り上げた。

「それは、そうやって噂しているやつらがいるだけだ！　パワハラだとか、モラハラだとか言ってな！　齋藤の自殺と私は関係ない！　アイツが勝手に死んだんだ！　まったく迷惑なやつだよ！　せっかく、働かせてやってたってのに！」

その発言と態度が噂を助長していることに気がつかないのだろうか……と思わないでもないが、気がついていないからこんな態度なのだろう。

「もう調べられてるとは思いますが、この齋藤さんの遺族はどちらに？」

「親兄弟はもう死んでいて、沖縄に叔母が一人いるらしい。あとは知らん！　調べても出てこなかった‼」

烏丸の質問にもこの態度だ。もう絶対的にカルシウムが足りていない。

二人の呆れかえった末の沈黙を会話終了の合図と受け取ったのだろうか。武井は早々にソファーから立ち上がり、人差し指を健吾の鼻先に突きつけた。

「言っておくが、俺はこんな脅迫状なんかなんとも思ってないからな！　八方さんが『一度相談してみろ』って何度も勧めるから来ただけだ！　まったく、どうやってお前たちなんかが八方さんに取り入ったんだか！」

どうやら彼がカリカリしている原因は、『脅迫状から来る不安』でも『思ったよりも若輩だった探偵』でもなく『不本意な探偵への依頼』らしい。それでもこうやって来てしまう辺りが、八方議員と彼の関係を思わせるが。

武井は健吾に向けていた指をそのまま烏丸にスライドさせる。

「うちに調べに来てもいいが、明日以降にしろ！　今日はいろいろと用事が入っていて忙しいからな！　警察は呼ぶなよ！」

と言うことで、後日、会社を訪れる約束を交わしたのだが……。


事態が動いたのはその日の夕方だった。

武井の会社で事務をしているという女性――松原春香（まつばらはるか）が花京院邸を訪ねてきたのだ。

「あのぉ。社長、こちらにいませんか？　お昼頃から連絡が取れなくなっちゃって……」

話を聞けば、その日の昼頃にまた脅迫状が届いたらしい。しかも今度は爆発物付きで。

その爆発物で負傷したのは武井ではなく女性社員だったのだが、恐れおののいた彼は『今すぐ、あいつらに来てもらう！』と会社を飛び出してしまったらしいのだ。そして、連絡が取れなくなった。

そういった事情から、烏丸と健吾は、松原と一緒に武井を捜すこととなった、のだが。


午後八時頃。

三人は、武井が会社の近くにある廃ビルの五階から飛び降りるのを目撃したのである。

3

「本当によく事件に遭いますね。今月に入って三件目ですよ！」

その呆れかえったような黒木の声を聞きながら、健吾は苦笑いを浮かべた。『花京院付き』になって二ヶ月目の彼女は、武井が落ちた廃ビルを背に腕を組む。

上条がいなくなり、最初はバタバタしていた彼女だったが、今ではもうすっかり慣れたもので、振り回されるばかりだった烏丸にも逆らえるようになっていた。

「まったく！　こんなに毎回毎回呼び出されてたら、身体がいくつあっても足りませんよ！　健吾さんが悪いわけじゃないんですけど！　なんとか、一週間に一回、火曜日だけ！　とかにコントロールできないものですかね……」

「それは、俺もできたらしたいですね」

そんなことができるのなら、もうすでにやっている。

健吾が乾いた笑いを漏らしていると、隣にいた烏丸がいつもの人を小馬鹿にしたような声を出した。

「でも、黒木さん。あなた、健吾様のおかげで、そこそこいい検挙率あげてますよね？」

「はい、そうですよ！　気がつかないうちに『熱釜中央署のエース』呼ばわりです！　いやでもなんだか素直には喜べないですよ！　なんか、ズルしてる感じがしますし……」

「でもまぁ、私たちが前に出るわけにはいきませんからね。それに、健吾様の推理を支えているのは黒木さんの献身ですから、『ズル』なんて己を卑下しなくてもいいと思いますよ？」

珍しく優しい烏丸の言葉に、黒木もまんざらではなさそうな顔で「……そうですか？」と頬を掻く。そんな彼女に、烏丸は深く頷いた。

「はい、私は少なくともそう思っておりますよ。……ということで、どこまで捜査は進んでいますか？　警察はこの件をどう判断されています？　何か見つかったものはありましたか？」

「……やっぱり烏丸さんって、そういう人ですよね」

急に手のひらを返され、黒木はため息を吐くと、胸ポケットから手帳を取り出した。

しかし、その手帳を開ききる前に、彼女は結論を告げる。

「まぁ、警察としては武井さんの死は自殺で決まりでしょうね」

「え？　自殺!?」

「彼が飛び降りたとされる五階の窓の下に、靴が揃えて置いてありました。それに、側には遺書も……」

「遺書!?」と声を上げた健吾に、黒木は自身のスマホ画面を見せた。そこには先ほど撮ったであろう、遺書の写真がある。

『もうつかれた。私は自分で終わらせます。さようなら』

そんな手書きの文字が、Ａ４のコピー用紙の中央に一行だけ書かれている。

「飛び降りたとされる部屋の扉に鍵はかかっていませんでしたし、誰かに脅されたような形跡もない。そもそも、武井さんが飛び降りたとき、誰も廃ビルから出てこなかったんでしょう？　つまりそれは、あのビルに彼以外誰もいなかったってことじゃないですか。しかも、お二人の話によると、武井さんには最近、脅迫状が届いていた。……これはもう、自殺で決まりですよ！」

窓際に揃えられた靴。残された遺書。誰もいなかったビルに、会社に届いていた脅迫状。状況的にはたしかに、限りなく自殺だ。理由は『脅迫状にあったことを悔いて』とかだろう。しかし――

「あの人が自殺、ねぇ」

（あの人が……）

烏丸も健吾と同じように思ったのだろう。そう言葉を漏らす。

武井の人となりを知らない黒木は、そんな烏丸の反応に首をひねった。

「自殺、しそうになかったんですか？」

「そうですね。とても自ら命を絶つような人には見えませんでしたね。……ねぇ、健吾様？」

「まぁ、自分の過去の行いを悔いたり、脅迫状に疲れるような人ではなさそうだったよな」

烏丸の意見に同意を示すと、黒木は「んー」と首をひねったあと、「でもまぁ、どちらにせよ事件性はないと思いますよ？」と広げていた手帳を胸ポケットに戻した。

「もしかしたら、案外繊細な人だったのかもしれませんし！　ってことで、今日はお疲れ様でした！　あとのことは警察に任せて、お二人はお屋敷にお帰りください！」

早く終われることが嬉しいのだろう。笑みを浮かべたまま黒木はそう言って、背を向けた。そして、早くも撤収し始めた現場に向かって歩き出す。

（え？　本当にいいの⁉　このまま自殺と処理して終わり⁉）

確固たる証拠はないが、なんとなく武井が自殺ではない気がする健吾は、狼狽えた顔で隣の烏丸を見上げる。すると彼は、目を眇めながら健吾に「行け」と顎をしゃくった。

「いや、でも……」

「黒木さんは、押しに弱いタイプです。面倒見もいいので、年下からの頼み事は絶対に断れない質（たち）ですよ。――ってことで、あなたの出番です、健吾」

そう言うやいなや、烏丸は黒木の背に向かって健吾の背中を押す。いきなりのことで踏ん張れなかった身体はバランスを崩し、よろけ、黒木の腕にしがみつく形でなんとか転（こ）けることを免れた。

いきなり腕を引かれた黒木は、驚いた顔で振り返る。

「どうかしましたか？　健吾さん」

「えっと」と助けを求めるように振り返れば、烏丸はまた顎をしゃくった。やれ、ということだろう。まったくどうして、人使いが荒い。

健吾は黒木の前に立つと、迷うような声を出した。

「あの。もう少し、捜査を続けられませんか？　やっぱり俺、あの人が自殺したとはどうしても思えなくて……」

「しかし……」

「お願いです。俺、黒木さんだけが頼りなんです」

もうやけくそだと、健吾は黒木の手を握る。

その行動に黒木はわずかに頬を染め、狼狽えた。

「この事件、ちゃんと調べたいんです！　亡くなった武井さんのためにも！」

「いや、でも……」

「調べて出た結論が自殺なら、それでもいいんです！　ただ、納得できないまま事件を放置しておきたくなくて。お願いです！　黒木さん!!」

捨てられた子犬のような健吾の目に見つめられた黒木は、たっぷり三十秒は「うー……」と唸ったあと、やがて降参するように項垂(うなだ)れた。同時に長いため息が彼女の口から漏れる。

「わかりましたよ。わかりました！　脅迫状の件は片付いていませんでしたからね。その件だけでも捜査を進められるように長巻課長に進言しておきます！」

「ありがとうございます！」

「もう本当に脅迫状の件だけですからね！」

弟の我儘を許す姉のように、彼女はやれやれと首を振る。振り返ると烏丸が「これは今後も使えるな」というような顔をしていたので、見なかったふりをした。こんな人の善意につけいるような真似、一回やれば十分である。

「でも、今日はもう遅いので、何か調べたいなら明日からでお願いしますね」

その言葉にスマホの時計を見れば、二十二時を回っていた。たしかに、今から行動を起こすにしては遅すぎる時間である。その時、健吾の肩に烏丸の手がかかった。

「それでは健吾様、帰りましょうか。しかし、黒木さんが優しいからといって、あまり無理を言っては駄目ですよ？」

「おま——」

「あ、私送りますよ。夜道は危険ですからね！」

黒木が手を上げる。どういう風の吹き回しかと目を見張れば、彼女は自信満々に胸を反らした。

「それにどうせ、烏丸さん『車で送っていただけますか？』とか言ってくるんでしょう？『こんな夜道を健吾様が歩いて帰ったら、また事件に巻き込まれてしまいますよ。いいんですか、また仕事が増えますよ？』とか、あれこれ理由を並べて、私を使おうとするでしょう？　そうはいきません！　今日は先手を打ちます！」

なるほど、言いそうである。変な慣れ方をさせてしまって本当に申し訳ない。

しかし、意外な申し出をしてくれた黒木に、烏丸は珍しく首を振った。

「今日は大丈夫ですよ。実は、そこに車を待たせてるんです」

「え。そうなんですか？」

「はい」と頷く烏丸。

健吾は、車？　と首をひねった。

そんなもの待たせていただろうか？　いや、待たせていない。ここに来るのに使ったのは、この二本の足だけだ。その疑問を口にする前に、烏丸は健吾の肩をぐいっと暗闇の方に向けた。そして、黒木に軽く会釈をする。

「では、黒木さん。また明日」

「はぁ。また明日……」

らしくない烏丸の返答に呆ける黒木を置いて、彼は健吾の肩を引きながら暗闇の中に誘うのだった。


変な嘘をついてまで黒木の車を断ったのはなぜか。

それは黒木に背を向けた数十分後に判明することになる。

「わぁあああぁぁぁぁぁぁ！」

ひっくり返ったような声を上げたのは、もちろん健吾だ。彼は烏丸に俵のように抱きかかえられながら、高層ビルの上を進む。武井の落ちたビルなんて、今烏丸が立っているビルの高さからすれば、「豆粒のようなものだ。そんな四十階建てなのか五十階建てなのかわからないビルの上から、烏丸は健吾を抱えたまま迷うことなく身を投げた。

「ひぃいいぃいぃ！」

「ちょっと健吾、うるさいですよ。人に見つかったらどうするつもりなんですか」

「いや！　こんなところから飛び降りたら、誰だって声上げるわ！」

涙目になりながらそう訴えると、烏丸は目を眇めた。

「あなた、普段ぴょんぴょんと身軽に街中を駆け回ってるじゃないですか。それと一緒ですよ」

「それとこれとは規模が違うから！　俺のは、誰かに誘拐されたときに自力で逃げ出せるように、ってことで身につけた人間の限界だから！　これは人外の領域!!　というか、なんで俺、こんなことになってるの!?」

「これが、屋敷に帰るのに一番早い方法だからに決まってるじゃないですか」

ケロリとそう言われる。それはまぁ、たしかにそうだけれども。制限速度を遵守した警察の車に送ってもらうよりも、信号のない建物の上を、人間には出せないほどのものすごいスピードで駆け抜けていく方が早いのは自明の理だけれども……。

「いやなんで!?　いつもだったら目立つの嫌だからって普通に送ってもらうだろぉぉおぉ」

自由落下。一人だったら確実に死んでいる高さである。

「いやね。先ほど武井さんが足下に落ちてきたじゃないですか？　その時ちょうど、口の中に跳ねた血が飛んできましてね。もう本当に早く濯（ゆす）ぎたくて仕方がないんですよ」

烏丸は健吾を抱えていない方の手で口元を押さえる。その顔が少し青ざめているように見えるのは気のせいではないだろう。ただでさえ白い肌が、もうほとんど白磁のようだ。

「あんな脂ぎった男の血なんて、ゲテモノ中のゲテモノ！　中性脂肪が高すぎて、とても飲めたものじゃないですね！　まだ健吾の血液の方が二百倍マシですよ！」

「ホントお前は、いつでもどこでも変わらないな……」

「ってことで急ぎますよ」

腰に回した烏丸の腕が力強さを増す。そうして、唇が意地悪くにやりと持ち上がった。

健吾を見下ろすその顔は、なぜかちょっと楽しそうである。

（あれ？　コイツもしかして、俺の反応を楽しんで――）

「吐いたら承知しませんからね」

烏丸がそう言うとともに重力がなくなる。

思わず下を見れば、人がまるで米粒のように見えた。

「ちょ――」

再びの自由落下。

内臓が持ち上がる感覚とともに、全身の筋肉が恐怖できゅっとなる。

それと同時に、健吾は気を失った。

4

翌日、健吾と烏丸は、武井の会社の従業員に話が聞けることになった。――と言っても、武井が死んだことに対する捜査ではなく、あくまでも脅迫状に対する捜査なので、二人が話を聞けることになったのは百人あまりいる従業員の中の、たったの四人である。

どうやら武井は脅迫状の件を従業員にも秘密にしていたらしく、その四人しか知らなかったようなのだ。ちなみにその四人は、武井のお気に入り……というわけではなく、たまたま一通目の脅迫状が来たタイミングで事務所にいたメンバーらしい。

「いいですよ。どうせその四人の中に犯人はいるでしょうからね」

四人にしか話が聞けないと知らされたときの烏丸の弁である。驚く健吾に、彼はさらりとこう言ってのけた。

「届いた脅迫状は、郵便局等を経由することなく直接会社のポストに投函されたものでした。とすると、齋藤さんの親族である叔母さんは沖縄在住なので、容疑者から外れます。彼女が甥を想うがあまりわざわざこちらに出向いて……という可能性もなきにしもあらずですが、そちらは警察の捜査により潰れているそうです」

黒木が持ってきた捜査資料を片手に彼は語る。

「とすると、犯人は自然に従業員に絞られるんですよ。齋藤さんが自殺した件と武井さんのパワハラを結びつけられるのは従業員だけですからね。齋藤さんはタケイ鉄工所に勤める前は他県にいたようで、こちらで友人などもできてなかったみたいですから、誰かに相談していたという可能性も少ないですし。もし相談していた友人がいたとしても、その友人がたった二ヶ月間仲良くしていただけの齋藤さんのために、脅迫状を送りつけるなんてことをするとは思えません」

従って、脅迫状を送ったのは従業員で間違いない、と彼は言うのだ。

「そしてもし私が犯人なら、脅迫状の件を知っている人間の側に身を置きますよ。そちらの方が情報も手に入りやすいですし、万が一『犯人は従業員の中にいる』となったときの工作も容易ですからね」

そんなこんなで、二人はタケイ鉄工所の事務所を訪ねた。社長が死んだからか、その日の工場は動いておらず、事務所にも事情聴取にと集められた四人しかいない。

会社前で合流した黒木と一緒に二人は四人に話を聞いた。

【一人目、冬木辰則（ふゆきたつのり）・三十三歳。現場作業員。元・自衛官】

「社長が飛び降り自殺したって、マジかよ。信じらんねぇな」

「齋藤？　もちろん知ってるよ。社長がパワハラで自殺に追い込んだやつだろ？　ただ、別に仲良くはなかったな。挨拶ぐらいはしたことあるけど。いやだって、アイツが会社にいたのって二ヶ月だけだぞ？　そのあとすぐ会社に来なくなったから、交流らしい交流もしたことねぇよ」

「昨日の爆弾？　アレは驚いたな。会社の前に置いてあったらしいぞ？　結構な音がして、見に行ったら江夏(えなつ)さんの手が血だらけになっててさ。午後から普通に仕事してたけど、怪我した日ぐらい休めばいいのにって思ったよ」

「夕方は、あいつらと会社にいたぞ？　ちょっと用事があって、社長が帰ってくるの待ってたんだよ。社長と連絡が取れなくなって騒いでたのは松原さんと江夏さんぐらいかな。連絡が取れなくなるのはわりといつものことだから、気にしてらんねぇよ」

【二人目、江夏幸子(さちこ)・五十一歳。事務主任。元・看護師】

「社長って見かけによらず思い詰めるところがあったのね。知らなかったわ。いつもは暴言吐いたり、女子社員にセクハラしたり、会社のお金を自分で使ったり、やりたい放題だったのに！　恨んでる人？　たぶん、たくさんいたんじゃない？　あの社長のこと好きな人なんて一人もいないわよ！　女遊びも激しいって噂だし、元の奥さんにも養育費払ってないって噂よ！　最低でしょ？」

「齋藤さん？　あまり記憶にないわね。すぐに辞めたって印象があるだけ。自殺したって聞いたときは驚いたけど」

「この怪我？　あぁ、昨日の脅迫状でね。なんか、小さな爆竹みたいな爆発物が入ってたみたいで。別にたいしたことないわよ、左手だしね。残骸？　社長が捨てろって怒るから捨てたわよ。よっぽど誰にも知られたくなかったんじゃない？」

「昨日の夕方？　この四人で一緒にいたわよ。私と春香ちゃんは事務作業してて、冬木さんと加賀屋さんは社長と話があるからって残ってたの。お得意様の社長と、夜会う約束してたのに全然帰ってこないから春香ちゃんとどうしようか相談してたのよ。そしたら、春香ちゃんが『社長、まだ八方さんに紹介された探偵さんのところにいるのかも……』って」

【三人目、加賀屋秋彦・三十歳。現場作業員・危険物取扱者。元・高校教師】

「社長が？　はぁ。そうですか」

「齋藤さん？　僕がここに入社する前の話じゃないかな。知りません」

「え。僕ですか？　僕は二ヶ月前に前の職場を辞めて、それからお世話になっています」

「爆発物は驚きました。お昼頃だったと思います。事務所には社長と、冬木さんと、江夏さんと、僕がいて。爆発する直前に松原さんがコンビニから帰ってきました」

「昨日の夕方ですか？　会社を辞める旨を伝えようと思って、事務所で社長が帰って来るの待ってました。そしたら突然、江夏さんと松原さんが騒ぎ出して……」

【四人目、松原春香・二十三歳。事務員。元・アパレルショップ店員】

「社長、まさか自殺するとは思いませんでした」

「齋藤さんとは、少し仲良くさせてもらってました。ワンちゃんが可愛くて、写真送ってもらったり……」

「コンビニにお昼を買いに行っていて、帰ってきたら江夏さんが筒状の箱を開けるところでした。すごい大きな音で、思わず駆け寄ったら、江夏さんの手が真っ赤になってて……」

「昨日は、社長が会社を飛び出したあと、なかなか戻ってこないので江夏さんと加賀屋さんのお二人と一緒に社長を捜していました。そしたら、社長が……」

昨晩のことを思い出したのか、松原は口元に手を当てたままふらりとよろけた。その拍子に、机にあったペン立てを手で転してしまう。

「あ、すみません！　ちょっと昨晩はよく眠れなくて……――ぃっ！」

床に落ちたペン拾おうとして、彼女は刃先の出ていたカッターナイフで指を切ってしまう。

じわりと人差し指に浮かび上がる赤い球。その指を取ったのは、烏丸だった。

「失礼」

ぱく。

――咥えた。咥えやがった。

突然のことに真っ赤になる松原。固まる黒木と健吾。一方の烏丸は、口から彼女の指を離すと、持っていたハンカチで彼女の傷口をくるんだ。

「すみません。つい、反射的に……」

「は、反射的に？」

頬を染めながらも狼狽える松原に、烏丸は表情を曇らせた。

「実は私、あなたと同じぐらいの妹がいるんです。彼女、本当にそそっかしくて。小さい頃はこうやって指を切ることも多かったんです」

「あの、妹さんは今……？」

「二年ほど前に……」

「……そう、ですか」

嘘だ。もう絶対に嘘だ。どうせ、目の前にあった美味しそうな血に反射的に動いてしまった、とか、そういうことである。まったくこの吸血鬼は、無節操にもほどがある。契約はどうした。契約は。その一滴の血に対価は必要ないのか。

申し訳なさそうな松原の前に立つ烏丸を、健吾は引き寄せる。そして、声を潜めた。

「おい！」

「いやですねぇ、嫉妬ですか？　ただのおやつじゃないですか」

「嫉妬じゃないし！　おやつってのもやめろよ！　松原さんビックリしてただろうが！」

「はぁ。でも、健吾ぐらいならともかく、私ほどの美形に指を舐められるのは、そう不快に思われないのでは？　健吾なら訴えられるでしょうが、私ですし」

「……お前、やめろよ。そうやって的確に人のこと傷つけにくるの……」

まったく、自分のポテンシャルをわかっている男である。

いやまぁたしかに、まったくと言っていいほど松原は不快そうにしていないけれど。むしろちょっと嬉しそうにさえ見えるけれど。

そんな風にうぬぼれているといつか痛い目を見るぞ。――というか、頼むから一度でいいから痛い目を見てほしい。

「はぁ。それにしても、今回は歯ごたえがありませんでしたねぇ」

至極残念そうにそう言う烏丸に、健吾は口をへの字に曲げた。

「お前、勝手に飲んどいて『歯ごたえない』とか、『美味しくない』とか言うのやめろよ」

「違いますよ。私が言ってるのは、脅迫状を出した犯人のことです」

「え？　犯人？」

「……脅迫状を出したのは、江夏さんですよ。話を聞くまでもない」

とんでもないことを言った烏丸に「はぁあぁぁ!?」と大声が出た。その声に、視線が健吾へと集まる。

「どうかしましたか？」と黒木。

そんな彼女に向かって、烏丸はとんでもないことその②を口にした。

「どうやら健吾様が脅迫状を送った犯人を突き止めたようですよ」

「ちょ、ま――――！」

「本当ですか!?」

にわかに色めき立つ事務所。健吾は頬を引きつらせた。

もちろん健吾は、まだ何もわかっていない。

（ど、どうすれば……）

視界の端では、おかしそうに口元を押さえる烏丸の姿。ドSか、お前。

「い、今の話を聞いて犯人が絞り込めました！」とやけっぱちで口にする。すると「誰ですか？」と黒木が食い気味で聞いてきた。誰？　誰か。犯人はわかっているけど、その理由はわからない。しかしまぁ、犯人だけでもわかっているのならなんとかなるだろうと、健吾は人差し指で江夏を指さした。

「脅迫状を送ったのはあなたですね、江夏幸子さん」

「え!?　わ、私!?」

「なんで江夏さんが！」

やっぱりそこ、気になりますよね。

しかし、ここで「知らない」と言うわけにはいかない。

助けを求めるように烏丸を見れば、彼は仕方がないという風に、自身の左手を叩いた。

(左手？　江夏さんの左手？　アレはたしか爆発物で怪我した方の……あ！)

健吾はひらめいた。彼女の左手には僅かに血が滲んだガーゼが貼り付いている。

「江夏さん、もし良かったら左手の傷口を見せてもらえますか？」

「どうして……」

「そこに犯人だという証拠があるからです。……おそらくあなた、怪我、していませんよね？」

烏丸は江夏を犯人だと断定したときに『話を聞くまでもない』と言っていた。つまり、四人の話は犯人を絞る上で必要ではない。必要なのは『烏丸が関知できるところに犯人のヒントがある』ということに気がつくことだ。

彼は、少し前の事件で排水口に流れてしまった血の匂いでさえも嗅ぎ分けた。カラフルに彩られた事件現場の写真から、見事、血の赤を見つけ出したこともある。

つまり、目の前の人間が怪我をしているかどうかは、簡単に見分けられるということだ。

「失礼します」と黒木は江夏の左手に巻いてある包帯を解く。そして「これは」と零した。

「……傷がありません」

ここまでくれば、健吾でも紐解ける。自分の思っていることを、彼らも思っているだろうことを、わかりやすく説明するだけだ。

「つまり、脅迫状および爆発物は、江夏さんの狂言だったということです」

「え⁉ でも、爆発したとき私も側にいましたけど、すごい音がしましたよ」

松原が庇うようにそう言う。しかし――

「音が鳴る装置自体はいくらでも作れますよ。きっと江夏さんはその音と同時に袋の中に入れておいた血糊を自身の手元で引きちぎったのでしょう。元看護師ですからね。それっぽく見せることも容易だったでしょうし」

「そんな……」

「もちろん、爆発物の残骸を警察が調べれば、単に音の鳴る物体だったというのはすぐわかることですが、江夏さんは武井さんが警察に通報しないことも『爆発物を捨てろ』と言うことも予測していた。武井さんは俺たちにも同じようなことを言っていましたからね」

健吾は江夏に向き直る。

「江夏さんは何か社長に思うところがあったんじゃないですか？　だから、脅迫状で少し脅してやろうとした」

言い訳できない証拠を突きつけられ、江夏は俯いたまま顔を覆った。

そして、「まさか自殺するとは思わなくて……」と声を絞り出した。

5

江夏幸子は脅迫状の件を認めた。しかし、認めたのは脅迫状の件だけであり、武井の死は依然として自殺とされたままである。

警察に連れて行かれる江夏を見送りながら、健吾は隣の相方に話しかけた。

「なぁ、烏丸。本当に武井さんは自殺だったのかな」

「どうでしょうね。しかし、事実はどうあれ、私も彼は自殺ではないと思っていますよ。詳細はまだ摑めていませんが、アレはおそらく殺人です」

武井が自ら死ぬとは思えない。殺されたと思う根拠はそれだけだ。しかし、二人だけで動くのならその根拠だけで十分である。

「ただ、江夏さんは女性だろ？　彼女じゃ社長を殺すのは難しいんじゃないか？　武井さんは何かスポーツをしてる感じじゃなかったけど、身体はそれなりに大きいし。突き落とそうとしても抵抗されて終わりだと思う」

「そもそも突き落としたかどうかも怪しいですけどね。武井さんが落ちたとき、私たちはその光景を見ていますし、その後逃げた人間も見ていません。事件後もあの廃ビルに潜んでいたとしたら、警察の初動捜査で見つかっていたでしょうから、その可能性もありませんし……ってことで、黒木さん」

「え？　嫌です」

すかさず反応したのは、背後でこっそり帰り支度を始めていた黒木だ。烏丸はくるりとその場で踵を返す。

「そんなに嫌がらなくても。まだ何も言ってないじゃないですか」

「烏丸さんがそうやって話しかけるとき、大体嫌なことしか言わないじゃないですか！」

「勘が鋭いですね。ってことで、あの四人と社長の経歴を洗ってきてください」

「やっぱり、そういうことになりますよねぇ！」

「特に、松原さんを念入りにお願い致します」

「松原さんを？」

なぜ？　と首をひねる黒木に、烏丸は「それでは、私たちは現場を見てくるので、夕方までによろしくお願いしますね」と無慈悲に言い放った。

6

「いい加減、何を摑んだのか教えてくれてもいいんじゃないか？」

武井が飛び降りたとされる廃ビルの五階の窓から身を乗り出しながら、健吾はそう烏丸に投げかけた。

武井がいたとされる部屋は何もなくがらんとしていた。室内にはオフィスで使うような机が一つとコロ付きの椅子が三脚。時計の秒針は動いているものの、時間は七時五十九分で止まっており、足下には埃がたまっていて、とても綺麗とは言いがたかった。

初動捜査も終わっている上に、自殺として処理されようとしている案件なので、廃ビルにはビルのオーナーに許可さえもらえば普通に立ち入ることができた。ちなみに、廃ビルのオーナーに許可を取ったのは八方議員である。どうやらオーナーと友人らしい。どこまでもネットワークが広い男である。

健吾の言葉に、烏丸は扉を調べながら「何がですか？」と口にする。

「なんで松原さんを調べるんだ？　調べるなら、江夏さんじゃないのか？」

烏丸はその言葉に、ふむ、と顎を撫でる。そして、まるで生徒に物事を教える教師のように人差し指を立てた。

「さて、それではどうして私は、松原さんを調べてほしいとお願いしたでしょうか？」

「もしかして、もう始まってるのか？」

いつもの推理の採点が。

烏丸は「はい」と頷いたあと、「ヒントは、血、です」と唇を引き上げる。

「血？　血、ねぇ。たしかお前、松原さんの血を舐めてたよな？　それと関係ある？」

「そうですね。関係あります。私は彼女の血を舐めてあることを確信しました」

「血で確信？」

血でわかることといえば『貧血』『炎症』『肝臓の異常』『腎臓の異常』『高血圧』『高脂血症』『糖尿病』『がん』『栄養状態』。ＤＮＡというところまで話を膨らませると『性別』『兄弟関係』『親子関係』。

……親子関係？

「お前たしか、『武井さんの血が口の中に入ってきた』って言ってたよな？」

「言いましたね」

「……まさか」と健吾は二つの意味で驚いた。そんなことがあり得るのか……という『まさか』と、お前そんなところまでわかるのか……の『まさか』である。

「そのまさかです。珍しくいい調子ですね。プラス十点」

烏丸は機嫌よく頷いた。そして続ける。

「武井さんと松原さんは親子です。しかも、武井さんはそのことを知らないようだった。もしくは、子どもがいるということは知っていたが、それが彼女だとは知らなかった。この事実が示しているのは、『おそらく松原さんは、何らかの目的を持って武井さんに近づいたのだろう』ということです。偶然とは考えづらいですからね」

「たしかに江夏さんも『武井さんは元奥さんに養育費を払ってない』とか言ってたもんな。もしかして、元奥さんとの子どもが松原さん？」

「かもしれませんね。それに、よく考えてもみてください。武井さんが自殺したと思われているのは、私たちが自殺現場を見ていたことが大きいです。もしも自殺現場に私たちが居合わせなかったら『事件発生時にもう一人別の誰かがいて、武井さんを自殺に見せかけて突き落とした』が成立してしまいます」

「そう、だな。俺たちが事件現場に居合わせたから、武井さんが飛び降りたとき、ビルに彼以外の人間がいなかったって証明されたんだもんな」

深く頷く健吾に、烏丸は唇を引き上げる。

「では、事件現場を私たちに見せた人物は誰ですか？」

「………………松原さん」

「そうです。つまり、彼女の存在なくしては、武井さんは『自殺』にならなかった」

健吾は考えを纏めるように口元を手で覆った。

「つまり、二人は共犯？」

「私の考えだと、共犯関係にあるのは、あの二人だけではなく、四人全員です」

「は？　どういうことだよ!?」

「その前に、武井さんがこの窓から飛び降りたトリックを紐解きましょうか？」

そう言って微笑む烏丸の顔は、彼がもう答えを知っていることを示していた。

7

「さて。まず一つ、共有したい事実があります。それは、武井さんは誰かに突き落とされたわけではなく、自らすすんで飛び降りた、ということです」

「自らすすんで……？　自殺じゃないのに？」

「はい。では、どうして武井さんは自らすすんで飛び降りたと思いますか？」

その問いに、健吾は「んー……」と顎を撫でる。

「可能性としてあるのは、誰かに脅されて、とか？」

「部屋の中には誰もいなかったのに？」

「それじゃ、誰かを人質に取られて脅されたとか？」

「そんなことで飛び降りるような玉じゃないでしょう、彼。武井さんはどんなに親しい人を人質に取られても、最後は自分の命を優先する人ですよ。きっと」

それはそれで言いすぎじゃないかと思うのだが、しかし健吾も結局は同じ意見なので、そこは口をつぐんでおいた。

「というか健吾、そんな可能性しか出てこないんですか？　あぁ、もしかしてその頭に詰まっているのは脳みそではなくマシュマロですか？　どうりで、何度注意してもファストフード店に寄るし、夜も遅くまで起きているわけですね！」

普段の鬱憤をぶちまけられ、さすがの健吾もむっとした。なので半ば投げやりに言い放つ。

「じゃあ！　落ちても平気だって思ったんじゃないのか！　この高さから落ちても自分は大丈夫だって自信があったとか！」

「正解です」

「え？」

「正解だって言ったんですよ。プラス二点」

しばらくきょとんとしていた健吾だったが、いやいや、さすがにそれはない、と首を振って彼の意見を否定する。

「いや、自分で言っておいてなんだけどさ。こんなところから落ちたら無事じゃやすまないってのは、子どもだってわかることだろ？　ここ、五階だぞ？　五階⁉」

「はい。だから、武井さんはここを五階だと思わなかったんですよ」

疑問符が頭の上に浮かび上がるとともに「はい？」と口から漏れる。

「このビルは一階から五階まで基本的に間取りは同じです。外には街灯もなく、辺りの商店も早く閉まるものばかり。夜になれば月明かりぐらいしか窓の外には見て取れません」

「こちらについてきてください」と烏丸は健吾を扉の外に誘った。そして、階段を下りながら話を続ける。

「私の考えはこうです。まず犯人Aは、武井さんを気絶させるなりなんなりして無理矢理連れ去り、このビルの一階に監禁します。そして、手足を縛った状態の武井さんが起きると、犯人Aは彼に向ってこう言います。『この部屋に爆発物を仕掛けた。お前を殺すための爆弾だ。爆発するのは夜の八時だ』とね。もちろんこのビルに爆弾なんて仕掛けられてはいませんが、昼間に爆発物が届いたこともあり、彼はその発言を容易に信じてしまうでしょう」

つまり、あの脅迫状は、武井に『ここに爆発物がある』と信じさせるための工作の一つだった、ということだろうか。

一階に着いた烏丸は、武井が飛び降りた部屋と同じ場所にある部屋の扉を開ける。まったく同じ間取りのそこは、たしかに暗闇では見分けがつかないだろう。烏丸は健吾を連れ立って、部屋の中に入る。

「この部屋の間取りは一見五階と同じですが、一つだけ違う点がある。どこかわかりますか？」

健吾はぐるっと部屋の中を見渡す。そして、扉を注視した。

「もしかして、この鍵？」

「はい。今日は調子がいいですね。五点追加です」

部屋の扉は内側から南京錠で鍵がかけられるようになっていた。

「犯人Aは武井さんの前でわざとらしく扉の南京錠をかけます。そして、薬を嗅がせるか注射をするなどして、もう一度気を失わせます。このとき大事なのは、彼の意識が途切れる直前に『窓から外に出る』という行為を見せることです。こうすることにより、武井さんは『出入りする場所はあそこしかない』と思い込むはずです。そしてあとは簡単――」

「気を失った状態の武井さんを五階に運んで、彼が起きる時間に合わせて、俺たちを廃ビルの下まで連れてくる？」

「そうです。起きる時間は元看護師である江夏さんが調整したんでしょうね。彼女はちょうど午後八時頃に武井さんが起きるよう薬の量を調節し、犯人Aに渡しておいた。ついでに、壁に掛かっている時計を七時五十九分で止めておくとより効果的でしょうね」

「靴と遺書は、このときにはもう窓際に置かれていたのか？」

「そういうことになります」

目が覚めた武井は、このままではこの部屋が爆発してしまうと焦る。手足が縛られていないことや靴を履いていないことを『どうして……』と思う暇もなかっただろう。そして、自分のいる場所が一階だと思い込んだまま、彼は部屋から逃げ出すために窓から飛び出した。

「ということは、その犯人Aに当たるのが、元・自衛官の冬木さん？」

「はい。あの女性二人には、こんな体力勝負なことはできませんからね」

「それじゃ、加賀屋さんは？」

「あの音の出る爆発物を作ったのが加賀屋さんでしょう。彼は元・高校教師という肩書きでしたね。おそらく、彼の担当していた教科は化学です。彼の胸から下げていたプレートには『危険物取扱者』と入っていましたから。あれは国家資格で、危険な薬物を扱う化学の教師が持っている資格でもあります。私は江夏さんが手に怪我を負っていないことから彼女が脅迫状を書いたと思っていましたが、もしかしたら、脅迫状の本文も彼が書いていたのかもしれませんね」

つまり、加賀屋が脅迫状と爆発物を作り、冬木が攫って脅し、江夏が薬を調達・調節し、松原が自殺に仕立てた。そういうことだろうか。しかも加賀屋さんは入社して二ヶ月と言っていた。もしかすると彼は、武井を殺すために、あの会社に入社したのかもしれない。

「じゃあ、遺書は!?　――って、事務を担当していた松原さんと江夏さんなら武井さんの字を真似ることも可能か……」

「はい、そうです」と烏丸はうなずき、まるで難解なパズルを解いたあとのような満足そうな笑みを浮かべた。

「今回の殺人はまさにチームプレイと言っても過言ではありませんね。それぞれの持てる力を最大限に発揮して人一人を殺してみせました」

殺人が起こったというのに、烏丸の顔はどこか清々しい。しかし、これはいつものことだ。同じような姿形をしているが、吸血鬼と人間はまったく違う種。彼にとって人間は食料としての価値ぐらいしかないのだろう。ハブとマングースの戦いを見て人間が白熱するように、人同士が争っていても彼は別に胸を痛めない。むしろ、面白がっている。これは烏丸が冷たいわけではなく、種が異なる生物ゆえ仕方がない反応なのかもしれない。

「しかし、この犯罪の唯一の欠点は『自殺』に頼りすぎた、というところでしょうね。つまり、物証を残しすぎたのです。遺書は筆跡鑑定をすればさすがに本人が書いたものじゃないとバレるでしょうし、警察が本気になって武井さんの身体を調べればどのような薬品が使われたか、それがどこのルートから仕入れたものかもすぐわかってしまうでしょう。武井さんのような成人男性を担いで五階まで上がった冬木さんの痕跡だって、おそらく完璧に消すことはできてないでしょうし、加賀屋さんに至っては部屋を調べられれば即行アウト。松原さんと武井さんの関係についてはもうすでに警察も掴んでいるかもしれませんね」

「『自殺』ならば、全て丸く収まったことばかりですけどね」と烏丸は心なしか残念そうに言う。

「動機は……さすがに、齋藤さんじゃないんだろ？」

「ええ。おそらく、齋藤さんはただ使われただけだと思いますよ？　彼の自殺は、武井さんや会社とは本当に関係なかった。だって入社して二ヶ月後の話ですからね。脅迫状に書いてあった彼の名前が『サイトウ』とカタカナだったのも、『サイトウ』の『サイ』の漢字がわからなくなって、適当にカタカナで打ち込んだからでしょう。彼はただ、脅迫状の理由に使われただけなんです。正確な漢字を調べるだけの興味も持ってもらえなかった」

そうなってくると、武井の次に可哀想なのは齋藤ということになってくる。死んでまでそんな風に使われるだなんて、健吾だったら耐えられないだろう。

「そもそも、殺すと決めている相手に送る脅迫状に、本当の動機を書くバカはいませんよ。警察に捕まりたいのなら別ですがね」

「それじゃ、本当の動機はなんなんだろうな。松原さんは武井さんとの親子関係が動機だろうけど、他の人は……」

「さぁ。武井さんは八方さんの友人にしては珍しく、いろいろやらかしていた人みたいですからね。どこで恨みを買っていてもおかしくありません。でもま、動機がないことには逮捕もままなりませんからね。……黒木さんがその辺を調べてくれてるといいのですが」

どうやら彼女に頼んでいたのは、それだったらしい。

彼らがそんな推理を終えた十分後、「全員に武井さんを殺すだけの動機が見つかりました！」と、黒木が血相を変えてビルに飛び込んできた。

8

翌朝、武井秀彦殺人事件はテレビで大きく取り上げられていた。四人にはそれぞれに武井を殺す理由があったらしいが、そこは大して取り上げられることなく、従業員四人が共謀して社長を殺したというところばかりが注目されていた。こうやってテレビを通すとあんなに粗暴な武井が『何もしていない可哀想な被害者』に、人間味のある四人が『凶悪な殺人犯』に見えてくるから不思議である。

（今回は三十二点ってところでしょうね）

烏丸は、今回の健吾をそう評価しながら、彼のために紅茶を淹れる。推理自体は烏丸がやったが、容疑者四人の前でのアドリブ推理や、ヒントを与えたときのひらめき、現場に入ったときの観察眼は、まぁ『頭にマシュマロが詰まっている』というほどではなかった。

もちろん、まだまだなことには変わりないが。

烏丸は、未だ眠そうな健吾の前に淹れたばかりの紅茶を置き、困ったように眉を寄せた。

「さて、残った問題は八方さんですよね。今回、私たちが大事なご友人を守れなかったので、もしかしたら気分を害されているかもしれません。最悪、今後警察の捜査に加われないなんてことも……」

「それはないだろ」

朝食のサラダを咀嚼しながらそう断言する健吾に、烏丸は目を見開いたまま固まった。

健吾は半分に切られたミニトマトをフォークで刺しながら、あくびをかみ殺す。

「今回のことはどこからどう考えても八方さんの手のひらの上だろ。むしろ、よくやってくれたって褒めてくれるんじゃないか。まぁ、こんなことで褒められてもまったく嬉しくないし、むしろ腹立たしいけどな」

「それはどういう……」

そう呟いたときだった、健吾のスマホが鳴る。発信者を見れば、八方議員だった。

健吾はスマホを机に置いたまま気だるげに緑色の通話ボタンを押した。食事をしながら通話する算段らしい。そしてスピーカーボタンも続けて押すと、目の覚めるような明るい声がスマホから聞こえてきた。

「健吾くん、おはよう！　烏丸くんも、おはよう！」

どうやらスピーカーにしているのはわかっているらしい。

彼はそのままの声量でわざとらしく愁いを帯びた声を出した。

「武井くんのことは残念だったね。でも気にしないで！　私は全然怒ってないから！　たしかに今回は二人らしからぬ失敗だったかもしれないけど、私の心は大海のようだからね！　ここは水に流してあげようじゃ――」

「何言ってるんですか、八方さん。こうなることがベストだった癖して」

アンニュイな声を出しながら、健吾は烏丸の作ったエッグベネディクトを口に運ぶ。

その言葉が思いも寄らなかったのだろう、八方議員は「ん？」と意外そうな声を出した。

「八方さんはむしろ事件が起こってほしかったんでしょ？　この機会に武井さんが自分の側から消えればいいと思っていた。……違いますか？」

「なんで、そう思うのかな？」

先ほどよりも落ち着いた声色で、八方議員は健吾に問う。

そんな彼の声色の変化に気づいているのかいないのか、健吾はまだ眠そうに目を擦った。

「議員さんって何よりも信用が大切でしょう？　実際に清廉潔白じゃなくても、支持者には清廉潔白に見せる必要がある。そのことを考えると、武井さんと友人でいることは八方さんにとっては大きなマイナスだ。あの人、裏でも表でも結構いろいろやってたみたいだし、敵も多かったみたいだからね。それに、武井さんは『八方議員と友だちだ』って自慢げに話す人でもあった。これは八方さんにとって、具合が悪い。だから、八方さんは武井さんを自分の側から消したかった。だけど、その方法が見つからない。八方さん自身が手を下したら、もし失敗してバレたとき、今以上のリスクが降りかかってくるからね。そう困っているときに、あなたはあの脅迫状が武井さんに来てることを知ったんだ」

健吾は息継ぎをするようにスープに口をつけたあと、ほっと息を吐く。

「要するに、八方さんは俺の体質を利用したんでしょう？　俺と関わらせて事件を本当に起こそうとした。まだ起こってもない事件の確率を上げようとした。俺自身じゃなくて、俺の体質を駒に使おうとした」

健吾はそれまで持っていたスプーンを机の上に置く。そして、いつもよりやや低めの、怒ったような声を出した。

「だから俺は、八方さんに謝る義理はないし、そんなことを言われる筋合いもない。むしろ謝ってほしいぐらいだよ。俺はこの体質で散々心底苦労してるんだから。もう自分の周りで起こった事件を『自分のせいだ』って悲観することはないけれど、だからと言って、なんとも思ってないわけじゃない。だから、そういう面白半分で利用されるのが一番腹が立つ」

数秒間の沈黙が落ちる。そして――

「ごめんごめん！　そんなに怒らないでよ！　ちょっと魔が差したって言うか。健吾くんの体質が本物なのか見極めるいいチャンスでもあったし！」

明るい声が空間を包んだ。先ほどまでの険悪な雰囲気がまるで幻想だったかのようにぱっと消える。この辺はさすが八方議員だ。

現に健吾も一息ついたあと、毒気を抜かれたように食事を再開した。

「だーかーら、そういうことをやめてほしいって言ってるんですよ」

「もー、悪かったって。そんなに怒らないで！　今晩おすすめのステーキ屋さん連れてってあげるから！　それで許して」

「どこです？」

「議員御用達の会員しか食べられない、美味しいところ。Ａ５ランクのお肉しか扱ってない、いいところだよ！」

「……」

「なんなら、お寿司とかも食べに行かない？　もちろん、回らないお寿司だよ！」

その言葉に、健吾は「はぁぁぁ」と長いため息を吐いた。

「……次やったら本気で怒りますからね」

「わかってるってば。ごめんごめん」

どうやら今回は健吾の勝利らしい。あの腹の中に真っ黒い狸を飼っているような八方議員に謝らせるなんて、なかなかである。これはちょっと見直した。

烏丸は密かに感心しながら「脂身の多いお肉の食べすぎは、身体に毒ですからね」と健吾に釘を刺すのだった。

第四章　豪華客船×ミステリー作家×クローズドサークル

1

「健吾さん！　クローズドサークル作りに行くって本当ですか!?」

「人が旅行に行くことを『クローズドサークル作りに行く』って言うの、やめてもらっていいですか？」

武井の事件から一週間後の早朝。どこで情報を得たのか、血相を変えて屋敷に飛び込んできた黒木に、健吾はそう言って眉を寄せた。

取るものも取り敢えず駆けつけたという感じの彼女に、健吾は二泊三日分の荷物が入った旅行カバンを肩にかけながら、事情を説明する。

「前回の事件のお詫びにって、八方さんに誘われたんですよ。『豪華クルージングに連れてってあげる』って」

「ご、豪華クルージング!?　うらやま――じゃなくて！　それ完全にフラグじゃないですか！　絶対何か起こりますよ！　ね？　悪いこと言わないからやめときましょ！　私、管轄とか関係なく、健吾さんがらみの事件が起こったら絶対に呼び出される仕組みになってるんです！」

今にも泣き出しそうな黒木に、健吾は「それは……すみません」と苦笑いを浮かべた。

「でも今回、船内で『小室ミステリー大賞』の授賞式があるんですよ。なので、絶対に行っておきたくて。俺が読んでる小説の作家さんも来るみたいだし……」

「なんですかそれ！　豪華クルージングにミステリー作家!?　もう役満じゃないですか！　役満！　もー、絶対に何か起こる！　私、嫌ですからね！　海上まで捜査しに行くの！」

烏丸さんの無茶ぶりに、船で何回往復しないといけなくなるんですか!?」

それなら無茶ぶりに応えなかったらいいだけの話なのだが、彼女の中でその選択はないらしい。真面目なのか、なんなのか、なんとも可哀想な性分である。

涙目の黒木を前に、烏丸は椅子に座ったまま優雅に足を組む。相手が黒木だということで、もはや立って対応もしないらしい。完全に舐めている。失礼な話だ。

「私の無茶ぶり云々でしたら心配しなくても大丈夫ですよ。今回、私は不参加ですから」

「え!?　烏丸さんは行かないんですか？」

「ええ。実は私、ちょっと船酔いする体質でして」

健吾も今回初めて知ったのだが、吸血鬼は『流れる水』を毛嫌いする性質を持っているらしい。蛇口から流れる水程度ならなんともないそうなのだが、川とか海とか、そういうものの近くにいると、彼らは大変不快になるそうだ。なので、川にかかっている橋とかならともかく、水の上を直接進む船などは極力乗りたくないらしい。

「吸血鬼を説明する本などには『水は罪や悪を洗い流すものの象徴だから、悪魔の仲間である吸血鬼も流れのある水に入ることができない』とかなんとか書いてありますが、実際はそんな難しい話じゃないんですよ。単に、これは私たちの習性です。罪とか、悪とか、何も関係ありません。猫が水に入るのを毛嫌いするでしょう？　要するに、それと一緒です」

これが、彼の意見だ。

ということで、今回、健吾一人で八方の申し出を受けることとなった。

「そんな！　ますます、駄目ですよ！　健吾さんがいかに数多くの事件を解いてきた名探偵だろうと、その体質を抱えたまま一人で豪華クルージングなんて、危険すぎます！　しかもミステリー作家付きだなんて！　まだ烏丸さんがいた方が安心できますよ！」

と、黒木。自分が海上まで捜査しに行きたくないという気持ちを差し引いても、一応心配してくれているらしい。

「そんなに心配しなくても大丈夫ですよ。俺だって一応、修学旅行にはちゃんと行けてるんですから。そう毎回、毎回、行く先々で事件が起こるわけじゃないんです」

まぁ、小学校の修学旅行では、その地域一帯を荒らしていた連続窃盗犯が自分たちの泊まるホテルで捕まったり、中学校の修学旅行ではバスジャックに遭いかけたり、高校の修学旅行では観光する予定だった歴史的建物が爆弾魔の標的にされたりしたが、全部事件が起こる前に犯人が捕まっているので、健吾にしてみればなかったことと同じである。

「それに最近、ハイペースで殺人事件に巻き込まれてますから、さすがに今回もってことはないと思いますよ？　俺みたいな人間にとっても、やっぱり殺人事件は一年に一度あるかないかの凶悪犯罪ですから」

「もうそれが！　そのセリフが！　まさしくフラグなんですよ！　どこまでフラグを立てれば気が済むんですか、あなたは!?」

「そう言われても……」

　健吾は頬を掻く。

　正直、黒木の言いたいこともわかるのだ。こんな厄介な体質を持って生まれたのだから、健吾は極力動かない方がいい。旅行なんてもっての外だし、買い物だってネットショッピングで済ませるべきだ。本当は学校だって行かない方が望ましいのだろう。それは、健吾自身が一番、よくわかっている。

　しかし、『起こるかもしれない事件』のために健吾が遠慮するのもなんか違う気がするのだ。旅行に行っても行かなくても、たとえ家に籠もっていたって、健吾の周りで事件は起こるし巻き込まれる。事件の発生総数は違うかもしれないが、それでも確実に、健吾の周りでは事件が起こるのだ。それは十九年間の彼の人生が証明している。

　それならば、自分の人生を棒に振るのは、諦めるのは、遠慮するのは、やめようと思ったのだ。そんなことをしたって気休め程度しかならないのならば、後悔しないように生きたい。自分の運命を恨んで生きたくはない。

〝名探偵になる〟というのはそんな彼のポリシーを貫き通すためでもあるのだ。

それに、今回は本当に大丈夫のような気がするのだ。豪華クルージングにミステリー作家、そこに呪われている健吾が交ざれば、いかにも事件が起こりそうだが、いかにもすぎて、逆に事件が起こらないような気がしてくる。

一周回って、というやつだ。

しかも、クローズドサークルだなんて、あんな小説だけの賜、絶対にあるはずがない。

さすがにそれは、あり得ない。

「本当に行っちゃうんですか？」

「まぁ、今更キャンセルもできませんし……」

その時、来客を知らせるブザーが鳴り響き、「健吾くん、迎えに来たよ！」という、雲一つない青空のような爽やかな声が聞こえてくる。――八方だ。

その声に、健吾は二人に背を向けた。

「って、ことで。行ってきます！」

「はい、行ってらっしゃいませ」

「……行ってらっしゃい」

人が見ている手前、恭しく頭を下げる烏丸と、終始心配そうな黒木に片手を上げて、健吾は久しぶりの旅行に出かけた。

半日後――

豪華絢爛なパーティー会場に、騒然とする客たち。健吾の足下に倒れているのは、毒殺されたと思われる、スーツ姿の男性。彼の落とした飲み物が高級そうな絨毯にシミを作り、スーツのポケットからは、トランプのエースが意味深に覗いている。

そして、突然かかる船内放送。

「天候が悪化しました。船は安全に航行しておりますが、時折揺れる可能性がございます。そのため皆様、どうぞお気をつけくださいませ」

どうやら海はしけているらしい。これでは、警察はなかなか船にたどり着けないだろう。

（これが、クローズドサークル……か）

そうぼんやりと思いながら、健吾は改めて自分に課された運命を呪うのであった。

2

【クローズドサークル】

推理小説のジャンルの一つ。何らかの事情で外界との接触が断たれた状況を指し、作品例としては『吹雪の山荘』や『嵐の孤島』などが挙げられる。

「だから言ったじゃないですか！　絶対に事件が起こるって!!」

烏丸のスマホに電話したのに、出たのは黒木だった。無線式のイヤフォンから聞こえてくる少し怒ったような彼女の声に、健吾は苦笑いを浮かべる。

どうやら事件発生の連絡はもう警察に行っているらしい。海がしけていて現場に行くことができない黒木は、何か情報が来ていないだろうかと花京院邸を訪れたようだった。

「警察がそちらに向かえるのは、嵐が収まってからになります。なので、少なくとも一日以上はそちらで過ごしてもらうことに……」

なぜか申し訳なさそうにする黒木に「わかりました。ありがとうございます」と返事をすると、彼女はなぜか再び怒り出した。

「もー、なんでそんなに冷静なんですか！　私なんて、さっきから心配でいても立ってもいられないっていうのに！」

「はいはい。黒木さんはもうちょっと冷静になりましょうね」

烏丸の声とともに、黒木を押しのける気配。どうやらスピーカーにしているらしい。

「それで健吾様、そちらの状況は？」

切り替えるような烏丸の声に、健吾は周りに目を配ると、声を潜めた。

「亡くなったのは藪内光彦（やぶうちみつひこ）さん、四十五歳。小室ミステリー大賞の授賞式を取材しに来た記者さんらしい」

現場は船内にある一番広いフロア、赤いベルベットの絨毯が敷いてある宴会場である。

現在は事件を聞いて駆けつけた船員が、現場保存のために立ち入り禁止にしており、健吾は入り口に張られたロープから中を覗き込みながら、当時のことを思い出す。

事件が起こったのは、午後七時ごろ。小室ミステリー大賞の受賞者が壇上に上がり、スピーチをしているときだった。

受賞したのは、大賞の椿山貴利(つばきやまたかとし)を筆頭に、優秀賞の柿本学(かきもとまなぶ)、柊木翔太(ひいらぎしょうた)、樺沢薫(かばさわかおる)の四人である。最終候補には残ったが惜しくも受賞を逃した、天草悟(あまくささとる)と中川菫(なかがわすみれ)。それと、椿山の内縁の妻であり、元作家の有留灯(ありどめあかり)が授賞式には来ていた。

食事は立食形式。宴会場の中は関係者で溢れかえっており、健吾も八方と一緒に後方で彼らのスピーチを聞いていた。

彼が声をかけてきたのは、まさに二人目――柊木翔太のスピーチが終わったときだった。

「やぁやぁ、八方議員。お久しぶりですねぇ」

それが、藪内光彦だった。ニヤニヤとした笑みを浮かべながら藪内は八方の隣に立つ。八方と藪内はそれなりに付き合いのある友人だったらしく、スピーチを聞きながらも二人は楽しそうに会話をしていた。すでにその時、彼はウィスキーのグラスを持っており、中身はわずかに残っているだけだった。

「つまり、二人に話しかけたときにはもう、藪内さんは飲み物に口をつけていたということですね」

「だと思う。飲み物もカウンターから勝手に取っていく仕組みだけど、最初からあの量で置かれていたとは考えづらいからさ」

もしも最初からあの量で置かれていたとしたら、誰もそのグラスを手に取らないだろう。酔った誰かが、間違って自身の飲みかけを置いていった、と思うだろうからだ。

「それにしても、おかしいですね」

「何が？」

「その人、授賞式を取材しに来たのでしょう？　なんで受賞者のスピーチという、一番取材しないといけないときに、八方さんに話しかけに来たんでしょうね」

健吾は烏丸の言葉に顎を撫でる。

「それは、たしかに。カメラは持っていたけど、構えてる様子は全くなかったし……」

「もしかしたら、彼はもっと別のものを取材しに来たのかもしれませんね」

「別のものって？」

「わかりませんよ、そんなもの」

意味深なことを言ったのは烏丸の方なのに、投げるのも彼である。

「そう言えば、八方議員は今どこにおられるんですか？　事件が発生するまで、一緒におられたんですよね？」

また黒木の声だ。先ほどの仕返しとばかりに烏丸を押しのけたのだろう、電話口から「ちょっと、黒木さん⁉」という烏丸の困ったような声が聞こえる。

「それが。今、拘束された上に、事情聴取を受けてて……」

「事情聴取⁉」

「藪内さんが亡くなったときに一番近くにいたのが八方さんで、彼しか毒を入れるチャンスがないからと、事件直後に船員に連れて行かれました」

「八方議員も災難ですね……」

「まったくです」

健吾は苦笑いをする。

「健吾くん、あとは頼んだよ！　僕の無実を証明してくれぇぇぇ」

連行されるとき、八方は船員に引きずられるようにしながら、そう声を上げていた。

あれはなんとも可哀想だったけれど、前回のこともあり、ちょっと胸がすく思いだった。

烏丸は「それで、続きは？」と健吾に先を促す。

藪内が来てからしばらくは何事もなかった。優秀賞の三人がスピーチを終え、次々と壇上から下りる。変化があったのは、大賞を受賞した椿山のスピーチが終わったときだった。

「ぐ――」

突然、藪内が胸を押さえながら苦しみだしたのだ。

喉をかきむしり、倒れ、泡を吐く。

毒を飲んだのだと皆が理解する頃には、彼はもうすでにこの世の人ではなくなっていた。

そして、彼のスーツのポケットから覗く、一枚のトランプ――

「ハートのエースですか」

「うん、アレはそうだと思う。俺もちらっとしか見なかったけど……」

「なんでその人、ポケットにトランプなんて入れてたんですかね。その船の中にカジノでもあったんですか？」

再び割り込んできた黒木に、健吾は先ほどよりもさらに声を潜めた。

「実は俺、あのトランプに心当たりがあるんですよね」

「心当たり、ですか」

「ここに来る前に読んだんですよ。小説で」

その小説は、小室ミステリー大賞の大賞を受賞した椿山貴利の最新作『ワイルドポーカー』だった。最新作と言っても単行本が出たのは一年ほど前だが、この度映画化が決まると共に文庫化されたこともあり、再評価されたのである。

「その小説の中で、犯人・ジョーカーは連続殺人事件を引き起こすんですけど。彼は必ず、殺す相手にトランプのカードを一枚だけ贈るんですよ。まるで殺人予告のようにね」

五人の男女にそれぞれ10、ジャック、クイーン、キング、エースのカード。ポーカーのロイヤルストレートフラッシュである。

「その小説でジョーカーの最初の被害者が、ハートのエースを贈られた男性だったんですよね……」

「つ、つ、つまり！　連続殺人ってことですか!?」

耳の奥に黒木の高い声が突き刺さる。健吾は思わずイヤフォンを耳から離した。

「そ、そういう可能性があるってだけの話ですよ！　本当にたまたま、トランプがポケットに入っていたってだけなのかもしれないし……」

「でも……」

「ま、どの可能性も捨てきれませんが。もし、健吾様の予感が当たっているのなら、もうすぐ二件目の殺人が起こる頃合いじゃないですか？」

烏丸のとんでもない予言に、健吾は「え？」と声をひっくり返らせた。

「犯人にとって、残りの時間はそう多くはありません。なぜなら、そのクローズドサークルは犯人が意図的に作ったものではなく、天然物。嵐が収まれば消えてしまうものですからね。犯人にしてみれば、降って湧いた絶好の好機というわけです。つまり、この好機にあと四人殺そうというのなら、そろそろ――」

「きゃあぁぁぁぁあぁぁ！」

その時、叫び声が健吾の背中に届いた。

振り返ると、側にいた人たちも同じように振り返っている。

健吾は電話を切ると、声のした方に駆け出した。――客室の方だ。

人混みをかき分けてたどり着いたのは、とある客室の前だった。その部屋の前では一人の男性が大声を上げながら扉を叩いている。

「ちょっと、大丈夫ですか⁉　灯さん！　有留灯さん‼」

男には見覚えがあった。彼は天草悟、三十二歳。今回の小室ミステリー大賞の受賞を、惜しくも逃した新進気鋭の作家である。

健吾は天草に駆け寄り、声をかけた。

「どうしたんですか⁉」

「なんか、中から突然悲鳴が聞こえてきて」

「鍵は⁉」

「内側から閉められてて、こちらからは……」

その言葉に健吾は目を大きく見開いた。そして、隣で呆然としていた見知らぬ女性に「この部屋の鍵をもらってきてください！　今すぐ！」と声をかける。女性は「わ、わかりました！　行ってきます！」と返事をしたあと、人垣をかき分けるようにして走り出す。

健吾は女性の背中を見届けて、天草に声をかけた。

「無理矢理開けます。手伝ってください」

「え⁉　いや、でも……」

「もし、たいしたことじゃなかったら、俺が中の人に謝ります。だから――」

「わ、わかった！」

奮い立つように天草は健吾の隣に立つ。そして、健吾の「せーの」という合図とともに二人は息を合わせて扉に体当たりした。

一回、二回、三回。さらに息を合わせて、四回！　五回!!

男性二人の体当たりに扉は歪む。そうして、とうとう蝶番が壊れ、扉が部屋の中に倒れ込むようにして開いた。健吾は、勢い余って扉と一緒に倒れ込んだ自身の身体を起こす。

そして、息を呑んだ。

最初に目に入ってきたのは、口から泡を吹いて倒れている有留灯の姿だった。そして、遺体になってしまった彼女の傍らには……。

「ハートのクイーン……」

またしても、一枚のトランプが置かれていたのだった。

3

二人目の被害者は、有留灯、四十二歳。

元ミステリー作家で、『ワイルドポーカー』の著者である椿山貴利の内縁の妻らしい。

持病として有名なのは、パニック障害。現役時代に書いた著書のあとがきには何度もそのことについて触れており、それが原因で彼女は筆を折ったとされている。さらに彼女は暗所恐怖症も併発しており、就寝時もできるだけ灯りをつけて眠るため、椿山とは一緒に暮らしていながらも、寝室は別々にしていたらしい。

今回のクルージングでも部屋は別々に取られていたようだった。

「密室で、二件目の毒殺、ねぇ……」

烏丸は片手に書籍を持ち、もう片手でノートパソコンを操作しながら、そう呟いた。

持っている本は、発売したばかりの『ワイルドポーカー』の文庫版。先ほど健吾が電話を切った直後、黒木に買ってきてもらったものだ。ノートパソコンの画面には、インターネットの検索画面と八方から送ってもらった乗船者リストが開いている。

ちなみに、八方は有留さんが亡くなったあとすぐに解放されたらしい。奇しくも二人目の事件が彼の容疑を晴らしてくれたようだった。

それぞれ同時に目を通す、というマルチタスクをこなしながら、烏丸は「ふむ」と片眉を上げた。

(『ワイルドポーカー』内で、毒殺は起こらない……か)

刺殺、絞殺、撲殺、銃殺。そして、身を投げての自殺。

実はこの物語、ハートのジャックをもらったとされる青年が犯人で、彼は最後に自分の命を自分で終わらせ、連続殺人を完遂するのだ。こういったミステリー作品にしては珍しく、犯人の完全勝利で物語は閉じられる。

(つまり、模倣したというよりは、物語に寄せて殺人を犯している、という感じでしょうか。でも、なんのために……)

『ワイルドポーカー』は今年の小室ミステリー大賞のてっぺんを射止めている。つまり、あの会場に来ていた多くの関係者が、この本を読んでいるということだ。一件目の事件で「もしかして……」と疑念を持っていた関係者も、二件目の事件が起こったことで、きっと確信を得てしまっただろう。

――この二つの事件は『ワイルドポーカー』を意識している、と。

(でも、なぜそんなことをしたんでしょう……)

烏丸は眉根を寄せたまま、下唇を噛みしめる。

著者に対する当てつけ？　作品への侮辱？　物語の犯人に対する憧れ？

それとも、その全てか。

しかし、理由がなんであれ、多くの人がその作品を知っている場所でやることではない。ああいう、何かに見立てたような殺人は一部の人に向けたメッセージという意味合いが強いのだ。

あの場で『ワイルドポーカー』に見立てた殺人を犯す。

その意味が、意図が、理解できない。

(それに引き換え、トリックの方はなんともお粗末な……)

烏丸は、読み終えた文庫本をパソコンの傍らに置き、今度はスマホを取り出した。そして、先ほど健吾から届いた写真を確認する。画面に映ったのは、最初の被害者である藪内と八方、それと気まずそうに微笑む健吾である。藪内に声をかけられたとき、八方の提案で撮ったものらしい。

烏丸は、藪内の持っているグラスを拡大する。

（最初の毒は、きっとこの氷のくぼみに入っていたんでしょうね）

ウィスキーが入っていたのは、ロックグラスという通常のものより背の低いグラスだ。その中には、四角くて中心にくぼみのある氷が五つほど入っている。きっと犯人は一番上の氷のくぼみに毒を入れておいたのだ。

（氷同士が支えになっていて、一口目や二口目でくぼみに入れた毒が零れることはない。しかし、次第に氷が溶けて氷同士のバランスが崩れると、毒は飲み物に混入してしまう）

これが藪内を殺したトリックである。

なんとも古典的な、昔からよく使われているトリックだ。というか、使われすぎて、最近では逆に小説やドラマでもお目にかかれないものになってしまっている。

（二件目に起こった密室での毒殺は、もっと簡単ですしね……）

これは、被害者が作った密室である。そう、有留が作ったのだ。

まず犯人は、有留の部屋の前で彼女が部屋に帰ってくるのを待つ。授賞式が台無しになった有留は、きっと落ち込んだ様子で帰ってくるだろう。そんな彼女に犯人は声をかけるのだ。

声をかける内容はなんでもいい。それこそ『授賞式は残念でしたね』なんて白々しいことを言ってもいいだろう。このとき大切なのは、自分と有留が二人っきりになる状況を作ることだ。幸いなことに、客室前の廊下である。そんなところで一人黙々と時間を潰すやつはなかなかいないだろう。

犯人は、自分と有留が二人っきりになったところで、おもむろに懐からナイフを取り出す。そして、彼女に襲いかかるのだ。

部屋の前でいきなり襲われた有留は、きっと自分の部屋に逃げ込むだろう。そして、相手が入ってこられないように鍵を閉める。これで密室は完成だ。

このとき犯人は、相手が出てこないように扉を叩きながら彼女に声をかけたに違いない。

『有留さん、大丈夫ですか!!』と。

そう、この時点で犯人が有留の部屋の扉を叩いていた男――天草悟に絞られる。

自分を殺そうとした人間が、大声を出しながら扉を叩いているという状況に、有留は恐慌したに違いない。そんな普通の人間でも耐えられるかわからない状況に、持病を持つ有留が耐えられるはずもなく、彼女はきっとお守りにと持っていた抗不安薬を服用したのだろう。――しかし、その抗不安薬は、いつの間にか毒物にすり替えられていた。

(落ちていたトランプは、抗不安薬と毒物をすり替えたときにでも、忍ばせたのでしょうね)

これが烏丸の考える事件の全容だ。

現場を見ていない上、関係者に聞き取りもできないので『藪内にどうやってグラスを渡したのか』とか『どうやって抗不安薬と毒物を入れ替えたのか』など多少の疑問は残るが、状況だけで判断するならば、これが最も説明のつく推理だろう。それに、二件目の事件により犯人は天草だとほぼほぼ確定してしまっている。なので、その辺の疑問は天草本人に聞けばいい。有留を脅したナイフはきっと彼の身体か付近を調べれば出てくるはずだし、言い逃れはおそらくできない。

（しかし、釈然としませんね）

先述したとおり、これらのトリックは小説やドラマでは何ら珍しくない。これでは健吾や烏丸が推理するまでもなく、現場にいる人間が難なく事件を紐解いてしまうだろう。なんてったって、彼らはミステリー作家だ。

（でも、これではまるで――）

「烏丸さん、私にも何か手伝えることってありますか？」

その言葉に烏丸は思考を止めた。顔を上げれば、生き生きとした顔の黒木が数時間前に頼んだ捜査資料を、どん、と机の上に置いたところだった。

二件目の事件の報告を受けた時点で、犯人の予測はついていたのだが、さらにそれを確固たるものにするため、彼女、もとい警察には、天草の身辺を洗ってもらっていたのだ。

「いやまぁ、これ以上は特に。それより、天草悟に彼らを殺す動機はあったんですか？」

「動機と言えるかどうかはわかりませんが、気になる話はありました」

そういって彼女が渡してくるファイルを手に取る。いつもながら仕事が早い。

こんな部署に配属されなければ、彼女は本当に自らの力で熱釜中央署のエースになっていたかもしれない。警察官としても、使いっ走りとしても、彼女はそれぐらい優秀だ。

「そんなことより、健吾さんってやっぱりすごいですよね。あっという間に天草さんが犯人かもしれないって突き止めたんですから！」

まぁ、勘は鈍いが。

烏丸はファイルの中身に目を通す。すると、黒木がこちらを覗き込んでいるのが視界の端に映った。

「……何か？」と目を眇めると、彼女は正面の椅子に腰掛けたまま両肘をつき、じっと烏丸を見つめる。なんだか口元がにやついているように見えるのは気のせいだろうか。

「いやぁ。烏丸さんと健吾さんって、仲いいなぁと思いまして」

「はい？」

思わず怪訝な声が出た。今までそんなこと考えたこともなかったからだ。

「健吾さんって、けったいな運命背負ってるってことを除けば、結構な常識人でしょ？　たしかに、毎回私たちの前で披露してくれる推理はなかなかのものですけど！　なんと言うか、凡人っぽいと言うか、いかにも普通な感じって言うか。――あぁ、もちろん！　いい意味で、ですよ！　いい意味で!!」

『いい意味で凡人』というのは、果たして本当にいい意味なのかは謎だが、本人は本当に悪気がないようなので、ここは流しておく。

「だから最初は、非常識の権化である烏丸さんとなんて、どうせうまくやれてないんだろうなぁって勝手に思っちゃってたんですよね。だってほら、烏丸さんって、身体の九割が怪しさでできてる感じがするじゃないですか！　名前も『怪』ですし！　それに、人使いが荒いし、言葉もとげとげしいし、何考えてるかぜんぜんわからないし！」

あなたはもうちょっと何を考えているか隠した方がいい——と思ってしまう烏丸である。

烏丸のじっとりとした視線にも気づかず、黒木は今度はわかりやすく笑みを浮かべた。

「でも、最近はちょっと考え方が変わってきました。凸凹のお二人だから、うまく嚙み合っているんだろうなぁって！　今日だって烏丸さん、健吾さんのために必死に証拠とか、情報とか集めてますしね！」

何も知らない彼女は、どこまでも純粋にそう笑う。烏丸は片眉を上げた。

「……私と健吾様が『仲がいい』ですか」

「はい！　……え？　違うんですか？」

烏丸の声色の変化に気がついたのだろう、黒木はそう驚いたような声を出した。

「まぁ、献身的に見えているのでしたら、そう見えるように振る舞っていますので嬉しい限りではありますが。私たちは黒木さんが思っているような関係ではありませんよ。仲良く見えるのは、そちらの方がお互いにとって都合がいいってだけの話ですし」

長く付き合っていくのなら、いがみ合うよりは仲良くした方がいい。

烏丸にとって健吾と仲良くする理由はその程度のことである。彼が血を提供すると約束し、自分はその代わりに彼の願いを叶えると約束したから、その契約が破棄されるまでは良好な関係を築いておく方が何かと都合がいいだろう。そういう打算と損得勘定の上に成り立っている態度なのだ。

烏丸にとっての健吾は、やっぱりただの食料で、おもちゃで、暇つぶしの道具である。

――たぶん。

「例えばの話ですが、もし健吾様が何者かに誘拐されるようなことがあっても、私は彼を捜したりはしませんよ」

「え？」

「健吾様の体質は黒木さんも知っているでしょう？　それにお父様の話も。彼が誘拐されて絶対に無事という保証はない。誘拐された先で他の事件に巻き込まれている可能性だってある。そんな人を捜そうとするだなんて、すごく骨が折れる作業じゃないですか。時間をかけて捜し出したけれど、結局見つけたのは死体だった――なんてこともありそうですし」

さも当たり前のようにそう言って、烏丸は首をすくめた。

「健吾様が攫われたら、私はきっとすぐに次を探しに行きますよ。だって、その方がずっと効率がいいですから」

大して趣味でもない男の血なんて、追いかけるわけがない。

出会ったばかりよりは多少マシになったとはいえ、健吾の血の味は烏丸が求めるそれとは絶望的なまでに差があるのだ。今は気の迷いで一緒にいるだけ。いなくなるのならば追いかける義理はない。というか、むしろ清々するかもしれない。あの、何度言っても言うことを聞かない男の側にいるのは、なんだかんだと骨が折れるからだ。

「私たちが一緒にいるのは、単にそう契約しているからです。ですので関係は、それ以上でもそれ以下でもありません」

トドメとばかりに放った烏丸の言葉に、黒木は先ほどまで浮かべていた笑みを収めた。そして不満げに唇を尖らせる。

「本当にそんなこと思ってるんですか？」

「えぇ」

「本当に？」

「誓いましょうか？　ま、私に誓う神なんていませんが」

烏丸は薄い唇を持ち上げて挑戦的に笑う。すると、黒木の目が据わった。その瞳の奥には軽蔑の色が見え隠れする。

「なんか、見直して損しました。やっぱり烏丸さんなんて大っ嫌いです！」

「おや。見直してくださっていたんですか？　それはそれは、ありがとうございました」

そう揶揄すると黒木はさらに渋い顔になり、フン、と鼻を鳴らしながら顔を逸らすのだった。

4

　有留灯が殺されてから、二時間後。

　船内にいた数多くのミステリー作家により『この連続殺人の犯人は天草悟』ということが徐々に証明されつつあった。

　広いラウンジの中央でタジタジになる天草。その周りを囲む、ミステリー作家たち。

「お、俺じゃない！　俺は藪内さんも有留さんも殺してなんかいない！」

「もうトリックはわかってるんだよ！　古典的な方法使いやがって！」

「犯人じゃないって言うのなら、あなたの財布にあった、このトランプはどう説明するのよ」

「いや、だから！　その財布はいつの間にかなくしてしまっていたやつで……」

「白々しいやつだな！　じゃあ、この台の下の落ちていたナイフはどう説明するんだ！」

「あなたのそのなくした財布とやらと一緒にあったのよ！」

「それこそ、本当に知らないんだってば！」

　天草は悲痛な叫び声を上げる。

　有留の部屋の前に置いてあった花台の下から、彼女を脅したとされるナイフが天草の財布とともに見つかったことも、彼が犯人だということの裏付けになってしまっていた。

　しかも、その財布の中には使う予定だったと思われるハートの10、ジャック、キングのカード。

これは決定的な証拠だと、ミステリー作家たちは天草にそれを突きつけていた。

しかし、天草は依然として罪を認めない。そんなとき、天草と同じくこの度受賞を逃した中川菫が口を開いた。

「私ね、さっき椿山先生に聞いたんだけど。有留さん、この船に乗る前にカバンをひったくられたんだって。先生もその時一緒にいたみたいで。相手は、茶髪の若い男で、首にストールを巻いてたって……」

「茶髪の、若い男……」

「首にストール……」

全員の視線がまた天草に集まる。たしかに、二十五歳の彼はこの中の誰よりも『若い男』だ。髪の毛も茶色に染めている。首にも、もちろんストールが……。

「それでカバンは？」

「交番に幸運にも届けられてたみたい。でも、おかしなことに、現金にはまったく手をつけられてなかったみたいで……」

「お前！　もしかしてその時に有留さんの薬と毒物をすり替えたんじゃ――」

「カードもその時仕込んだのね！」

「それこそ本当に、知らないってば!!」

それからは、もうずっと『やった』『やっていない』の押し問答だった。ラウンジは貸し切りにしているので他に客はいないのだが、こんなもの人に見せられるような推理ショーではない。現実の話は彼らの書いている小説のように、スムーズには進まないらしい。

「いやぁ、今回は健吾くんの出番はなかったみたいだね！」

ニコニコしながらラウンジに来たのは、八方だった。彼が釈放されたのは有留が殺された直後。それから烏丸に頼まれて、名簿やらのデータを彼に送っていたのだが、どうやらそれが一段落ついたらしい。

健吾は隣に立った八方に一瞬視線を向けたあと、天草たちをもう一度見る。

「でも、なんか釈然としないんですよね」

「何が？」

「なんか、全ての証拠が天草さんを指している感じがして、違和感があるんですよ……」

証拠が犯人を指すのは当たり前のことだろう。しかし、何かできすぎている感じがするのだ。何者かの手のひらの上で転がされている感じが拭えない。

「それに、天草さんが二人を殺す動機がわからないんですよね」

「あぁ、動機？　動機ならたぶん、あれじゃないかな」

何か知っている風の八方に、健吾は「あれ？」と首をひねる。

すると、八方はどこか得意げに、人差し指を立てた。

「盗作疑惑」

八方曰く、今回の小室ミステリー大賞を射止めた『ワイルドポーカー』には、過去に盗作疑惑があったらしい。というのも、初めて単行本が出た去年のこと。『「ワイルドポーカー」を書いたのは椿山貴利ではなく、本当は天草悟である』という噂がネット上でまことしやかに囁かれ始めたのである。

当時、椿山側は事実無根だと、まったく取り合わなかった。しかし、天草悟本人が「椿山先生に作品を盗まれました」と文芸誌で発言したことから、事態は急変。ネットではさらに、椿山派と天草派に分かれて論争が起こり、テレビでも取り上げられるような事態に発展してしまったという。

その頃の二人は師弟関係で、文章の書き方や物語の締め方などは違っていたが、テーマは似通ったものが多かった。そこが妙な説得力を生み、事はドンドン大きくなってしまったということだった。

このとき、天草はまだ無名の新人作家。しかし、この騒動の影響で瞬く間に有名になっていき、出した単行本は五十万部を超えるベストセラーになったらしい。

逆に汚名を着せられた椿山は一時期干され、そこから今に至るまで新作を一冊も出せていない。なんという明暗の分かれ方だろうか。

当時のテレビの取材に対して天草は「いずれ、皆さんに証拠をお見せすることができると思います」という風な発言をしていた。しかしながら、それから一年以上。天草は盗作されたという証拠を示すことなく、いつの間にか疑惑は人々に忘れ去られていった。

――というのが、盗作疑惑の一連の流れらしい。

「ま、僕としては、天草さんが嘘をついたんだろうなって思ってるけどね。でも、一部の人たちはまだ椿山先生のことを盗作者だと思ってるみたい。たしかに椿山先生はベストセラー作品を多く書いているけれど、近年は『ワイルドポーカー』が出るまで不調続きだったからね」

八方は腕を組んだままうんうんと頷く。

「それはわかりましたが、なんでその盗作疑惑が二人を殺す動機になるんですか？」

その疑問に八方は腕をとき、健吾にぐっと顔を近づけた。

近くで見ても、爽やかな顔である。

「実は、天草さんが最初に『椿山先生に作品を盗まれました』と発言した記事を雑誌に書いたのが、藪内さんだったんだよ。そこから何ヶ月も、藪内さんは天草さんと共に『椿山先生は盗作をしていた』という内容の記事を何本も書いたんだ。その雑誌も飛ぶように売れたらしくてさ。……だけどあるとき、急に『天草の嘘発覚！　盗作騒動は売名行為か!?』って記事を書いて、藪内さんは天草さんを裏切ったんだよね」

これ以上掘ってもこの先には何もない。きっと嘘をついているのは、天草の方だろう。

藪内もそう思ったに違いない。もしくは最初から嘘だとわかった上で協力をしていたか。急に手のひらを返してきた藪内に、天草はきっといらだちを覚えたに違いない。

「有留さんは？　彼女、椿山先生の奥さんだったんですよね？」

「まぁ、内縁のね。有留さんは、当時天草さんと浮気してたんじゃないかって噂があったんだよ。その頃の椿山先生って、盗作疑惑のこともあって結構な落ち目にあったからね。んで、一部の関係者の話では、彼女が天草に『椿山が盗作した証拠』とやらを提供するつもりだったんじゃないかって噂もあって――」

「それが本当なら、天草さんはいつまで経っても証拠を渡さない有留さんのことを恨んでいたって可能性はありそうですよね」

肝心なところで裏切った共犯者二人を、天草が恨んでいても何ら不思議ではない。殺人の理由としてはどうかと思うが、まったく二人に恨みがなかったというわけでもないのだろう。

「でもまぁ、僕としては有留さんと天草さんが浮気をしていた、ってのも信じられないけどね。単に夫のお弟子さんとして仲良くしてたところを、そう思われたんじゃないかな。彼女、本当に椿山先生のことが好きなように見えたから……」

椿山や有留とも親交があったのだろう、八方はそう言いながら眉を寄せた。

「物語を作ることが生き甲斐で、小説を書くことしかできなかった椿山先生を、ここまでの作家にしたのは、やっぱり有留さんの功績が大きいよ。彼女が筆を折ったのはパニック障害のせいだって言われてるけど、僕は、自分と同じように精神的に弱かった椿山先生を支えるために、彼女が自ら筆を置いたんじゃないかなって考えてる」

「精神的に弱かったんですか？　椿山先生」

「うん。だから、盗作疑惑の後、何回か自殺未遂をしちゃったみたいなんだよね。まぁ、あれだけ誹謗中傷の手紙が届いてたらそうなるよね、って感じなんだけど。一時期はイタズラ電話もすごかったみたいだし、二人が住んでる家に落書きとかもあったみたい。ネットの掲示板とか、今でもすごい書き込まれようだよ？」

「いきすぎた正義感は、もはや狂気だよね」と八方は困ったように笑う。

「で、それを見かねた有留さんは『もう小説なんて書かないでほしい』って何度も本人に言ってたみたい。作家を引退すれば多少は非難が収まるって思ったんだろうね。でもまぁ、椿山先生は聞く耳を持ってくれなかったみたいだけど」

「そう、なんですね」

目の前でも同じように動機のことを話し合っているのだろう。こちらにまで『盗作』やら『記事』やらという単語が飛んでくる。

しかし、証拠と動機、全てが揃ってしまった。これはどう考えても、天草にとって分が悪い。しかも、彼が捕まってから次の殺人が起こっていないのだ。これも重要な状況証拠である。

けれど、殺人を認めるわけにはいかない天草は必死に首を横に振る。

「本当に俺じゃないんだ！　俺じゃない！」

「お前、もういい加減認めろよ!!」

「しょ、証拠があるんだ!!」

苦し紛れという感じに天草はそう叫んだ。

そして、震える手で懐から一本のＵＳＢメモリを取り出す。

「……これが、証拠だ」

5

「椿山先生のパソコンから奪ったデータ、ですか？」

電話口から聞こえてくる烏丸の怪訝な声に、健吾は「うん」と頷いた。

時刻は午後十一時。事件の聞き取りと持ち物の検査が終わった健吾は、八方と別れ、部屋に戻っていた。豪華クルージングということで、部屋の中はスイートルームのような広さと豪華さを有していたが、こんなことが起こってしまった今では、それを素直に楽しむこともできない。まぁ、豪華さでいえば花京院邸の方が上ではあるので、それを楽しめたかと聞かれればまた別の話だが。

ちなみに、聞き取りと持ち物検査は全員に行われたが、誰の持ち物からも毒物等は見つからなかったという。船員が言うには『犯人は毒物を海に投げ捨てたのではないか』という話だった。

健吾はベッドに寝転がりながら、スマホを耳に当てる。

「どうやら一件目に起きた藪内さんの事件の最中、天草さんは椿山先生の部屋にいたらしいんだよね」

天草の話によると、去年の盗作騒動はやはり自作自演だったらしい。ネット上の噂に乗っかって『椿山先生に作品を盗まれました』と嘘をついた結果、思った以上に事が大きくなってしまったようなのだ。その事を大きくしたもう一人の人物である藪内は、天草の言葉が嘘だとわかった上で協力をしてくれたらしい。彼もまた、ネタ不足で困っていたところだったのだ。

しかし、一時期は炎上商法ともとれるやり方で有名になった彼らだが、一年が過ぎ、いろいろなところで陰りが見え始めたらしい。天草は盗作騒動を引き起こした人間として見られ仕事がもらえなくなり、藪内も最近の記事はぱっとしないものばかり。

そんな風に鬱々としているとき、天草は藪内からとある提案を受けたというのだ。

『小室ミステリー大賞の授賞式で、盗作騒動を再燃させよう。そこで、一年前に言っていた「証拠」をみんなに披露するんだ』と。

いきなり手のひらを返したかつての共犯者の提案に、天草はもちろん、最初は難色を示した。しかし、かつての栄光をもう一度と夢見た彼は、結局その提案に乗ってしまったのだという。

「それでは、藪内さんがその船に乗ったのは……」

「うん。授賞式を取材に来たってのは建前で、『盗作されたことを涙ながらに告白する天草さん』を撮りに来たみたい」

どうりで藪内は受賞者のスピーチに興味がなさそうだったわけだ。

藪内が考えた作戦はこうだ。藪内が椿山のカバンからなんとかして部屋の鍵を拝借し、その鍵を使って、天草は授賞式の間に椿山のノートパソコンから『自分が小説を書いたと他者に思わせる証拠』を盗み出す。そして、それを片手に授賞式の最後で壇上に立ち、盗作騒動を再燃させる。

「つまり、その『証拠』というのがUSBに入っていたデータで、それらをコピーした時間がちょうど藪内さんが殺されたと思われる時間と被っていたということですね？」

「そういうこと。天草さんはかつて椿山先生のお弟子さんだっただろ？　椿山先生がどんなときにでもノートパソコンを持ち歩いていることも、そのノートパソコンの中に作品のデータが入っていることも知っていたらしいんだよね。あとついでに、椿山先生が毎回、カバンの外ポケットに鍵を入れることも藪内さんに教えていたらしい」

天草が取り出したUSBメモリはその場にいた全員で確認した。そこには『ワイルドポーカー』を書く際に使用した資料の写真やプロット、初稿などが収められていた。椿山は一作品につき結構たくさんの資料を集める人間だったらしく、動画等もあったので、U

SBメモリ一つに全てが収まることはなかったらしい。なので、コピーをする際には厳選したらしいのだが、量が量なので確認に時間がかかり、一つ目のファイルから最後のファイルのコピーを終えるまで三十分以上の開きがあった。それがちょうどスピーチの時間と被っていたのだ。

藪内がどの段階からグラスを持っていたかはわからないが、さすがに一人目のスピーチが始まる前からとは考えにくい。

「つまり、彼にはアリバイがあったということですね」

「まぁ、天草さん自身がコピーしたって証拠はないから、協力者がいれば崩せるアリバイだと思うんだけどな。——というか、やけに静かだな。もう黒木さんは帰ったのか？」

正義感が強く真面目な黒木のことだ。てっきり花京院邸に泊まり込むと思ったのだが、電話口からはいつもの烏丸の気配しかしなかった。

「はい。なんか、怒って帰ってしまいました」

「怒って……？　お前、またなんか言ったんだろ？　やめろよな、そうやって黒木さんいじめるの」

「別に、いじめてはいませんよ。私は、ただ本当のことを言っただけで。変な幻想を持たれてもいけませんのでね」

「お前なぁ……」

知らない方が幸せ、という価値観は吸血鬼にないのだろうか。

真実を知ったって、それが相手にとって不都合な真実だということは珍しくないし、見たくない真実というのは必ず存在するものだ。それを隠すのが優しさかどうかはさておき、わざわざ見せつけるのは優しさではないだろう。絶対に。

「そういえば、椿山先生はどうしているのですか？　自分の作品を模したような殺人事件が起こり、内縁とはいえ、それで奥さんを殺されて。察するに、相当参っているのでは？」

「まぁ、そうだろうな。部屋からも全然出てこないし……」

「盗作騒動から新作も全然書かれていないみたいですし。もしかしたら、このまま筆を折られるのかもしれませんね」

「新作を書いてない、って、なんでそんなことがわかるんだよ？」

たしかに『ワイルドポーカー』を世に出してから、椿山は新作を出版してはいない。それは普段本を読まない烏丸にだってネットで調べればすぐにわかることだ。しかし、それは読者目線での話であり、水面下ではいろいろ練っている可能性は十分にある。

けれど、烏丸はそんな健吾の考えを真っ向から否定する。

「だってほら、もし椿山先生が新作を書いていたら、いの一番に天草さんがデータを盗みそうじゃないですか。話を聞く限り、天草さんって倫理観が低そうな人ですし。なのに、そのUSBメモリに新作のデータはなかったんでしょう？　それなら、書いてなかったと思う方が自然なのでは？」

「それは、そうかもな……」

それほどまでにショックだった盗作騒動から一年。数々の嫌がらせを受けて、心身が弱ったところに、今度は内縁の奥さんが亡くなるという不幸。想像もできないぐらい、今の彼は弱り切っていることだろう。八方の話では自殺未遂をしたというし、このまま彼が筆を折るというのもあり得ない未来ではない。

「身内を殺されたミステリー作家が、ミステリー作家としてやっていけるのかという問題もありますし、もしかしたらこのまま筆を折られる方が、彼にとっては幸せかもしれませんね。もう一生分のお金は稼いだでしょうから」

「筆を、折る。か」

その時、健吾の脳裏にひらめきが落ちてきた。唐突に。

健吾はそのままベッドから立ち上がる。

「あのさ。俺、わかったかもしれない」

「どうかしましたか？」

「犯人、わかったかも！」

6

「皆さんに集まってもらったのは、他でもありません。犯人がわかりました」

今までも散々そんな風に切り出してきたけれど、今回はさすがにちょっとためらった。他人に恨まれるかもしれないことを話す。不都合な真実をつまびらかにする。これから言うことは、その人に一生の傷をもたらすかもしれない。

黒木に本当のことを言った烏丸を健吾はひどいやつだと思ったけれど、これから彼がすることはきっと『ひどいやつ』では済まない。

そんな葛藤の末、それでも黙っていることができなかったから、健吾はこの場所に立っている。だってこれで、人が死んでいるのだ。好きだった作品が穢されているのだ。

「この殺人事件の犯人は、有留灯さんです」

健吾は静かに。それでもまっすぐ、椿山貴利を見据えてそう言った。

事件の翌朝、ラウンジ。

健吾が八方に言って集めてもらったのは、小室ミステリー大賞の受賞者である、椿山貴利、柿本学、柊木翔太、樺沢薫の四人と、受賞を逃した天草悟と中川菫、それと彼らの担当編集者たちだった。

健吾の言葉にそれぞれが動揺する。しかし、椿山貴利だけはそんな健吾の言葉を予測していたかのように微動だにしなかった。

話を聞いていた中川菫が「今回の事件の犯人って天草さんじゃなかったんですか？」と、震える声を出し、それを皮切りに他のメンバーもざわめき始める。

健吾はそれを無視して、まるでじゃんけんのチョキを出すように、指を二本立てた。

「この殺人事件の動機は二つありました。一つは、椿山先生に盗作者という濡れ衣を着せた、藪内さんと天草さんに復讐すること。そして、もう一つは椿山先生に筆を折らせることです」

「筆を折らせる!?」

思いも寄らない動機だったのだろう。柿本学は声を上げる。

「はい。盗作疑惑で椿山先生は小説が書けなくなるどころか、度重なる嫌がらせに遭い自殺未遂まで犯していた。そんな彼に有留さんは何度か創作をやめることを提案したそうです。……しかし、その願いは聞き入れられなかった。椿山先生は変わらず小説を書き続けることを選択したそうです。だから彼女は、本当に彼が心を病んで自殺してしまう前に、その身を賭して椿山先生を止めようとした」

「でも、それは……」

「たとえば皆さんは、自分の大切な人を目の前で無残に殺されて、それでもなお、人が死ぬミステリー作品を書くことができますか?」

健吾の質問に場が静まりかえる。これが、烏丸が言うところの『身内を殺されたミステリー作家が、ミステリー作家としてやっていけるのか』問題だ。ミステリーを読む人間なら誰だって一度は考えたことがある問答だろう。この問答の先に答えはないが、イエスと答えられる人間がさほど多くないだろうことは想像に難くない。

「つまりそういうことです。有留さんは自分を殺すことで、彼のミステリー作家としての根幹を折ろうとした。『ワイルドポーカー』を模して殺人を犯したのもその一環です。自分の作品になぞらえて大切な人が殺されたら、誰だって作家をやめたくなるでしょう」

健吾は悲しげに視線を下げる。

「もちろんこれは、有留さんにとっても大きな賭です。自分が死ぬことで心の弱った椿山先生が後を追ってしまう可能性もあった。しかし、有留さんから見て、その賭けをする価値があった。それほどまでに椿山先生の状況は危うかったということでしょう」

そこまで言ってようやく、そこにいた大半の人間の聞く姿勢が整った。それまでは『いきなり現われてわけのわからないことを言い出した青年』という風に健吾のことを見ていた彼らだが、そこから徐々に『話ぐらいは聞いてやってもいい青年』に目線が切り替わる。

「まず、一件目の事件を紐解いていきましょう。藪内さんの事件は、おそらく皆さんが予想したとおりだと思います。氷のくぼみに毒を入れて、氷がある程度溶けるのを待つ……というトリックです」

「じゃあ、その毒を仕込んだグラスをどうやって藪内さんに取らせたか聞いてもいいか？あの立食式のパーティーでは飲み物も例に漏れず自分でカウンターまで取りに行くようになっていた。給仕の人が配っているものもあったけど、まさか、給仕に協力者がいたとか言い出さないよな？」

柊木翔太が挑戦的に手を上げる。まだ十代のガキが生意気にも推理を披露し始めたのが気に入らないのだろう。気持ちはわからないでもない。

健吾は昨晩行った烏丸との答え合わせを思い出す。『有留さんが犯人かもしれない！』と言いだした健吾の推理をこんな風に纏めてくれたのは、他でもない彼だ。烏丸の質問に答える形で、時に補足をしてもらいながら、健吾は必死に推理を纏め上げた。

その時の質問の中に、この問いも入っていたのだ。

記憶の中の烏丸の声と、自分の声が自然と重なる。

「取らせたんではなく、渡したんです。有留さん本人が藪内さんに『どうぞ』と手渡した。カードもその時にポケットに忍ばせたのでしょうね」

「それは……、さすがに誰かに見られてしまうのでは？　薄いカードはともかく、グラスはなかなか隠せませんし……」

樺沢薫がそう控えめに手を上げる。

「ええ。見られてしまうかもしれませんね。でも、誰かに見られていてもいいんですよ。彼女はその後死んで、容疑者から外れてしまうんですから」

その言葉にそこにいた全員が顔を見合わせた。しかしやはり椿山だけは微動だにしない。

「次に、有留さんが亡くなった二件目の事件です。この事件は一見、『被害者が作った密室』の体をなしていました。天草さんが有留さんをナイフで脅し、それを恐れた有留さんが自ら部屋に閉じこもる。そして、なおも扉を叩き続ける天草さんへの恐怖から毒物にすり替えられていた抗不安薬を自ら呷った――そんな風に見えるよう、偽装されていました。

証拠としては『天草さんが有留さんの部屋の扉を叩いていた』という状況に加え『部屋の前に落ちていたナイフと彼の財布』。極めつけは『財布に入っていたトランプのカード』となりますね」

「つまり、それも有留さんが自分で……？」

「はい。しかし、その仕掛けを説明する前に、一つ、天草さんに聞いておきたいことがあります」

「俺？」

天草は意外そうに自身を指さした。

「どうしてあなたは有留さんが亡くなったとき、彼女の部屋の前にいたのですか？」

「それは、財布を捜してたんだよ。そしたら、有留さんの部屋の方から反応があったから……」

「反応があったって、どういうこと？」と中川。彼女はまだ天草が犯人だと疑っているように見える。

「いや、だから。財布とかカバンとかはなくさないように、タグを入れてるんだよ」

「タグ？　タグって……？」

「タグというのは、これのことですね」

健吾が話に割って入った。彼はコインより少し大きな円盤状の何かを持っている。

それを見て、天草が「そう、それ！」と声を上げた。

「ちょうど八方さんが同じものを持っていたのでお借りしました。これは、紛失や盗難防止用のデバイスです。カバンにつけたり、財布に入れたりしておくと、スマホで位置情報がわかる仕組みになっています。Ｂｌｕｅｔｏｏｔｈだと十メートル。専用のアプリを使えば何キロ先でもそのデバイスを捜し出すことができる仕組みです。天草さんはこれを使って、財布を捜していたのでしょう？　――そして、有留さんの部屋にたどり着いた」

「もしかして……」

「え？　そういうこと？」

さすがに勘がいい。もう彼らは、有留の部屋の前で何が起こったのかわかったようだった。

「そう、その『もしかして』です。有留さんはこれを利用して、彼を部屋の前まで連れてきたんです。そのためにまず、有留さんは天草さんの財布を拝借しました」

柊木は「……どうやって？」と眉を寄せる。

健吾はその問いに答えるため、天草に身体ごと視線を向けた。

「天草さん。こういうデバイスを日常的に使っているということは、あなた、普段から持ち物の管理が結構ずさんだったのでは？」

「え？　……ずさんってほどじゃなかったけど」

「いや、ずさんだよ。お前、いっつもそこら辺に財布投げてるし。毎回、何かしら忘れ物して帰るじゃねぇか」

一番年齢が近い柿本がそう言って渋い顔をする。どうやら彼らは個人的に交流があったようだ。

「柿本さんがそれを知っているということは、有留さんももちろんそのことを知っていたのでしょう。あなたは椿山先生のお弟子さんとして、椿山先生と有留さんが住む家にも何度か足を運んでいたでしょうからね。ですから、天草さんを見張っていれば、財布を拝借するチャンスはいくらでもあった」

これでいいですか？　と柊木に顔を向けると、彼は納得したように頷いた。

それを見届け、健吾はそこに座る全員を見回した。

「あとは、簡単です。有留さんは天草さんの財布にハートの10、ジャック、キングのカードを入れ、ナイフと共に花瓶が置いてある台の下にそれらを隠した。そして、部屋の覗き穴を見ながら、天草さんが財布を捜して部屋の前に来るのをじっと待ち、彼が来た瞬間、まるで誰かに襲われたかのような迫真の叫び声を上げたんです。……毒を飲んだのは、天草さんが扉を叩いた、その直後でしょう」

「これで、密室で有留さんが何者かに襲われたように見える仕掛けは完成です」と健吾は淡々と語る。異議を唱える人間はもう誰もいなかった。

「えっと。じゃあ、『有留さんが天草さんに似たひったくりに襲われた』っていうのは、天草さんの容疑を固めるための嘘？」

「え？　でも、椿山先生も見てたんですよね⁉」

狼狽えたような声を出す中川に、柿本も反応する。今度は視線が一斉に椿山へと集まった。

彼はそこでようやく顔を上げ、健吾を見つめる。その視線を受けて、健吾は困ったように眉を寄せた。彼の脳裏に、天草を尋問しているときの中川たちの会話が蘇ってくる。

「私ね、さっき椿山先生に聞いたんだけど。有留さん、この船に乗る前にカバンをひったくられたんだって。先生もその時一緒にいたみたいで。相手は、茶髪の若い男で、首にストールを巻いてたって……」

「それでカバンは？」

「交番に幸運にも届けられてたみたい。でも、おかしなことに、現金にはまったく手をつけられてなかったみたいで……」

健吾は椿山に視線を返した。

「あれは、椿山先生が考えた嘘ですよね？　正確には、有留さんが考えていた嘘を椿山先生が補強したもの。有留さんはあなたに『天草さんに似た若い男からひったくりに遭った。カバンは交番に届けられていた。財布は盗られていなかった』という旨を伝えていたんじゃないですか？」

それでもなお、椿山は無言を貫く。それはただ単に黙っているというより、何をどう言おうか迷っているようにも見えた。

「椿山先生。あなたは、有留さんがこの一連の事件を引き起こしたということに、誰よりも早い段階で気がついたんじゃないですか？　だから有留さんが真犯人だとバレないように、彼女が託した嘘を補強した。ひったくりの場面に自分を加筆した。それは僅かばかりの抵抗だったかもしれない。しかし、しないわけにはいかなかった」

健吾がそう断じれば、椿山は顔を覆った。そうして、語り出す。

「『ワイルドポーカー』は、子どもがいない私たちにとって、子どもみたいな作品だった。私が執筆に詰まると、彼女は決まって私にお酒を勧めて、愚痴を聞いてくれた。ときには読んで、ヒントだって。喧嘩だって、たくさんしたんだ。あの子は、何度も何度もそうやって、試行錯誤を繰り返して、ようやくできた私たちの子どもだったんだ。

「だから、天草くんがそれを盗作だって言ったとき、私は何も言葉が発せられなかった。開いた口が塞がらないっていうのは、ああいうことを言うんだな。だって、信じられないだろう？　あんなに二人で育て上げたこの子が、他人の子!?　盗作!?　しかも、一部の人はそれを信じてしまったんだ。私たちが心血注いで育てたあの子が他人の子だって信じてしまった。それが私にとってはどうしようもなくショックで……。気がついたら、私は何も書けなくなっていた。空想しかできない私が、空想もできなくなったんだ！　だったらもう、死ぬしかないって、生きてる価値はないって……」

椿山は声を絞り出す。

「どこから間違っていたんだろうか。私はやっぱり、書くのをやめた方が良かったんだろうか。私はただ、私が筆を止めると、あの子が私たちの子どもじゃないって世間に対して認めるような気がして、だから……」

それ以上、椿山は何も語らなかった。顔を覆い、小刻みに震える。しばらくは彼のすすり泣く声が部屋の中に木霊していた。

有留は椿山ほど『ワイルドポーカー』を愛してなかったのかもしれない。彼女が彼のようにあの作品を自分たちの子どもだと思っていたのなら、こんな事件の題材には使わないだろう。ただ、彼女は椿山を愛していた。彼の命を救いたくて、彼が今後の人生を憂いなく生きられるように、邪魔者を排除して、彼の枷(かせ)である筆を折っておきたかった。

それが椿山にとって本当に良かったのかどうかはわからないが、少なくとも有留にとってそれは正義で、彼に対する愛情だった。

「でもなんでそんなまどろっこしいことを？　天草さんを犯人に仕立て上げるだけなら、もうちょっと簡単な方法でも良かったんじゃ……」

静寂を破るように樺沢がそう質問した。有留がどうしてそんな手の込んだ真似をしたのか、それが不思議でならないらしい。たしかに、天草を犯人に仕立てるだけなら、彼のポケットに藪内を殺した毒を潜ませておけば事は済んだだろう。

健吾は樺沢含め、そこにいるミステリー作家全員を見る。

「その理由は、皆さん方を『探偵役』として引っ張り出したかったからです」

　どういうことだと一同は再びざわめいた。

「あなたたちは物語を作るプロです。だから、有留さんはうまくあなたたちを誘導して、天草さんが犯人だという物語を作り上げてもらおうとした。あなたたちは有留さんの物語を補強する存在だったんです」

「意味がわからないんですが……」と再び樺沢。

　健吾は「例えば」と切り出しながら天草の上着のポケットを指した。

「天草さんのポケットの中にただ単に毒が入っていたとしましょう。あなたたちはどう思うでしょうか？　俺が思うに、『アイツが犯人だったのか』とすぐさま事実を受け入れて、あとは警察に任せてしまっていたのではないですか？」

「それは……」

「それからそれを覆すような証拠が出てきても、きっとあなたたちはあまり興味が持てない。だってそれは、謎解きではないですからね。事実を追い求める警察の領分だ。しかし、今回の事件のあと、あなたたちはどう思いましたか？　これは推測ですが、俺はこう思ったんじゃないかと思っています。『こんなトリックを使うのだから、犯人は絶対に天草だ』『俺たちが謎を解いてやる』」

「……」

「例えば、一件目の事件で俺は『藪内さんにグラスを渡したのは有留さんだ』と言いました。しかし、それを言わなかったらあなたたちは『何かしらのトリックを使って、天草さんが藪内さんにグラスを渡した』と推測し、それに見合うトリックを作ったはずです」

心当たりがあったのだろう、彼らは渋い顔で見合っている。

ミステリー作家である彼らの領分は、謎を解くことではなく、謎を作ること。ゼロから一を生み出すこと。それを踏まえると、この役割は最適だったのだろう。天草の罪を僅かなきっかけを頼りに作りだす。それが有留が彼らに託した『探偵役』としての役割なのだから。

「有留さんもこの犯罪がちゃんと成立するかわからなかったんでしょうね。ちゃんと天草さんに罪をなすりつけられるかわからなかった。しかし、答え合わせが始まる頃には自分はもうこの世にいない。故にフォローもできない。だから、あなたたちで、天草さんが犯人だと徹底的に突き止めてくれる存在が必要だった。――それが、あなたたちで、彼女がこんな手の込んだことをしてこの殺人劇を演出した理由です」

その言葉を最後に、それからしばらくは誰も何も話さなかった。

7

嵐が止み、船が近くの港に泊まったのは、その日の夕方だった。

「健吾さん、良かったです！　もう本当に心配したんですからね！」

船から下りた健吾を最初に出迎えたのは黒木だった。駆け寄る彼女の後ろには烏丸がいる。どうやら二人で来たらしい。

目尻に涙をたたえた黒木に、健吾は苦笑いを零した。

「心配かけてしまって、すみません」

「本当ですよ！　健吾さんがいつ連続殺人の標的になってしまうかと、こっちはドキドキしてたんですからね！」

「烏丸も、わざわざ来てくれてありがとな」

「いえいえ。今回健吾様は割と頑張りましたからね。このぐらいはいたしますよ」

そう言って彼は日傘をくるりと回す。

今回の点数は五十五点だった。今まで五十点を碌に超えたことがない健吾からしてみれば信じられない快挙である。ちなみに、犯人を突き止めたのにもかかわらず四十五点もマイナスされている理由は、トリックを詰め切れていなかったからである。特に、有留が天草を部屋の前に呼び出したトリックについて、健吾はまったく何も答えることができなかった。最後には「電話で呼び出した……とか？」なんて言う始末だ。これにはさすがの烏丸にも「もしかして、阿呆なんですか？」と呆れられる始末。ああやってみんなの前で偉そうに推理を披露したが、基本的にトリックの部分は烏丸が解いたものである。

とはいえ、有留が犯人であることと、『彼女が天草を部屋の前に呼び出して、叫び声を上げた』という推理の大枠は合っていたので五十五点。烏丸からも「及第点……まであと少しですね」という、褒め言葉らしきものをもらった。

まぁ、嬉しくないと言ったら嘘になる。

「健吾さん、烏丸さんに近づいちゃ駄目です！」

突然、歩いてきた烏丸と健吾の間に割って入るようにして、黒木が手を伸ばした。その背を向けていているさまは、まるで健吾を守ってくれているようにも見える。

彼女はぴっと烏丸を指さした。

「知ってますか!?　この人本当はすっっっっっっっごく腹黒なんですよ！　信用しちゃ駄目です！　いつか裏切られますよ！　もしかしたら、背中をぶすーって刺されるかも！」

「……知ってますよ。腹黒なことぐらい」

今更だ。今更すぎて、呆れたような声が出てしまった。

どうやら、先日の一悶着がまだ尾を引いているらしい。もしかするとその一悶着というのは、健吾にも関係があることなのだろうか。そうだ、きっとそうに違いない。そうでなくては彼女がこんな風に健吾のことを守ろうとするはずがないからだ。しかし、それがどんなことなのかは、話を聞いていない健吾にはわからない。……予想ぐらいはできるが。

（けどまぁ……）

健吾は未だ自身を守ろうとしてくれている黒木の背中を押しのける。

そして黒木を振り返った。

「烏丸は、そこまで悪いやつじゃないですよ。ひねくれてるし、ドSだし、天邪鬼（あまのじゃく）だし、人の心がイマイチわからないやつですけど」

「おやまぁ、今日はずいぶんと私の悪口を言ってくれますね。なんですか？　怒らせたいんですか？　今後一週間、健吾様の嫌いなメニューだけで献立組みましょうか？」

烏丸が片眉を上げながら怪訝な顔をする。そんな彼に、健吾は唇をへの字に曲げた。

「怒らせたいだなんて言ってないだろ？　むしろ褒めてんだよ！　あと、今回は頑張ったから、好きなものだけで献立考えてください。お願いします」

「褒めてるようには聞こえませんでしたけどねぇ」と烏丸は不満げに顎を撫でる。

そんな彼を無視して、健吾は親指で背後の烏丸を指した。

「黒木さんにもひどいこと言っちゃうかもしれませんが。まぁ、慣れたらなんともありませんし、烏丸なりの愛情だと思っていただけたらいいですよ。コイツなんだかんだ言って、黒木さんのこと、気に入ってますから」

「へ？　本当ですか？」

黒木の視線が烏丸に向く。

「まぁ、便利な使いっ走り程度には信用しておりますよ」

「便利な、使いっ走り……？」

「仕事を安心して任せられるって言ってるんですよ」

「そんなことは言ってないでしょう？」

不服そうに烏丸は片眉を上げる。

「意味は一緒だろ？　お前はさ、もうちょっと言い方ってのに気をつけろよ。俺がせっかく取りなしてやってるってのに」

「頼んでませんが？」

「お前なぁ……」

せっかく喧嘩の仲裁をしているのにこの始末だ。黒木とは今後も付き合っていくだろうに、こんな感じでは先が思いやられる。

烏丸にも先ほどのやりとりで思うところがあったのだろう。不満げな声を出した。

「というか、なんでさっきからいちいち保護者面するんですか？　非常に気に入らないのですが？　どちらかと言えば、保護者は私でしょう？　……やっぱり今日から一週間ほど、健吾様の嫌いな健康メニューで献立を組みますね。……青汁付きです」

「ちょ、お前！　マジでそれだけはやめて！　青汁は嫌!!」

「朝も五時に起こして、ランニングさせます」

「起きられるか！」

「就寝は午後九時。ドラマ等は録画でお願いします」

「小学生かよ!!」

そう叫んだときだった、黒木の肩が震えていることに気がつく。「黒木さん？」と健吾が覗き込んだその時、笑う彼女と目が合った。

どうやら健吾と烏丸のやりとりが面白かったらしい。

「なんとなく理解しました、健吾さんの言ってる意味」

「はい？」

「わかりました。私、今後は、烏丸さんの言うことを真に受けないように。そして、全てポジティブに受け取ることにしますね！」

そう笑みを浮かべる黒木に、健吾もつられたように笑う。

烏丸は呆れたような顔で「もう、勝手にしてください」と言うのだった。

閑話　日常×傘×失せもの

1

「烏丸ってさ、人間と同じ食事はできるのか？」

それは、クローズドサークルと化した豪華客船から無事帰還した一ヶ月後のこと。いつものようにコンビニで強盗に襲われた健吾は、帰宅するなり烏丸にそう聞いた。

椅子に座って読書にいそしんでいた烏丸は、文庫本に落としていた視線を上げる。

「なんですか、唐突に」

「いやまぁ、単なる興味？　あと、なんか食事を作らせるだけ作らせといて、俺しか食べないってのも単純に申し訳ないなぁって思って」

烏丸の傍らには、ティーカップに注がれた血液。もちろん健吾のものである。

温められているのかなんなのか、湯気の立つそれに口をつけながら、烏丸は眉を寄せた。

「だからって二人分は作りませんよ？　私の手間が増えるだけですし、あと、食材がもったいないですからね」

「いや、だから。今度一緒にどこか飯でも食べに行かないかなぁって！」

「結構です。というか、気にしないでください。あなたの食事を作ったり、体調の管理をしているのは別にあなたのためではありませんから。健吾の体調管理が、ひいては私の食生活の管理に繋がるのでしているだけですから」

「あと、それとは別に、お前が食べ物を食べてるところを見てみたいってのもあるし！」

「……思いっきり、ただの興味じゃないですか」

烏丸は、呆れたようにそう言って、手元の本をパタンと閉じる。

そして、無駄に長い足を組んだ。

「まぁ、食べられるか食べられないかという話でしたら、食べられないということはないですよ？　私以外の吸血鬼は、そうやって人間に交じっている者がほとんどですし」

「やっぱりお前以外にもいるんだな、吸血鬼」

「いるに決まっているじゃないですか。あなた一体、吸血鬼のことをなんだと思っているんです？　まぁ、もちろん、そんなに数は多くありませんけどね」

普段は聞くことができない吸血鬼の生態に、健吾は前のめりになる。

「吸血鬼って普段どこにいるんだ？　そういうコミュニティとかがあるのか？」

「コミュニティとかは別に。さっきも言いましたけど、大体の吸血鬼は普通の人間と同じように社会で生活していますよ？　見た目も普通の人間とさほど変わりませんし、それが最適ですからね。あと、無理矢理血を飲もうとして捕まり、刑務所にいるような間抜けな吸血鬼もいるにはいます」

「え？　吸血鬼って捕まるの？」

てっきりそのスーパーパワーで逃げおおせるものだとばかり思っていた健吾は、意外だという声を出す。

「血も摂取せずに人間と変わらない生活をしていれば、身体機能も人間並みに退化しますからね。日中ならば、捕まえるのは逆に容易なんじゃないですか？　人間と同じ食事を口から摂取できると言っても、私たちの身体が栄養として処理できるのは血液だけですから」

「それじゃ、大量の血を摂取したら、スーパーパワー……」

ペシ、と頭にチョップを落とされる。何バカなこと言っているんだ、ということだろうか。

「あなた、お腹が満腹になったらすごい力が発揮できる人間なんですか？　それこそ空とか飛べちゃったりするんです？」

「いや……」

「その辺は人間と同じですよ。飢餓状態では十分なパフォーマンスが発揮できませんが、満腹になったからといって本来持っているスペック以上の力は出ません。……まぁ、スペックは家柄等もありますので、一概には言えませんけどね」

「へぇ！　吸血鬼って家柄もあるんだな！　烏丸は？　烏丸の家柄ってどうだったんだ？」

「私も別に、家柄はそんなに悪くはありませんが――……って、話しすぎましたね」

自分のことをそこまで詳しく話すつもりはなかったのだろう。咳払いを一つして、烏丸は話を元に戻す。

「で、なんの話でしたっけ？　あぁ、人間と同じ食事をってことですよね？　嫌です。断固、拒否します！　食べるなら一人で勝手にどうぞ」

「なんでだよ！　あ、もしかして！　俺たちと味覚が違うとか？　俺たちの食べ物が吸血鬼にとっては美味しくない、とか？」

「いいえ。味覚に関しては『血液が美味しく感じる』こと以外には、基本的には同じだと思いますよ。人間の食事を好む吸血鬼も多いです。ただ、私は吸血鬼界きっての美食家として、自身のポリシーとして、血液以外のものを口に入れたくないんです！　そもそも、栄養にならないものを身体に入れて、なんの得になるんですか？」

「食事は楽しい！」

「急にＩＱ落とすのやめてもらっていいですか？」

げんなりと烏丸は目を半眼にする。健吾はさらに烏丸に詰め寄った。

「えぇ。本当に駄目？」

「駄目です」

「一回だけ！」

「嫌です！」

「お願い！」

「聞きません！」

あまりにも頑なな烏丸に、健吾は「えぇ」と不満げな声を漏らす。

その時だった、何者かの訪問を知らせるブザーが屋敷内に鳴り響いた。しかし、烏丸が出る前に、訪問者は勝手に玄関の扉を開けて屋敷の中に入ってくる。

「おじゃましまーす」

黒木である。彼女には何かあったときのためにと屋敷の鍵を渡しているのだ。これは彼女が特別なわけではなく『花京院付き』になった者全員に渡していた。もちろん、鍵は最新式のもので複製することはできないし、『花京院付き』からはずれたら返してもらうので何ら問題はない。そもそも警察官に鍵を渡しているのは、花京院邸には定期的に窃盗犯が入るので、その対策の一環でもある。

彼女は、健吾たちのいる小食堂まで来ると、まるで溶けたアイスのように、椅子に座り、だらりと机に突っ伏した。

「調書取りにきましたー」

「調書？」

烏丸が首を傾げる。その問いに答えたのは健吾だった。

「あぁ、さっきたまたまコンビニで強盗に出くわして」

「今さらりと面白いこと言いましたね」

頬を机にくっつけたまま黒木は手を上げ、健吾の言葉の続きを口にした。

「その場に警察官がいたから一緒に取り押さえたんですよねー。知ってます。その人、私の先輩ですー」

彼女のその様子に、烏丸は不思議そうな声を出した。

「黒木さん、どうかしたんですか？　なんか、元気がないようですね」

「烏丸さんってば、心配してくれてるんですか？」

「いいえ。机に顔をくっつけるなと言ってるんですよ。皮脂やファンデーションで机が汚れるでしょう？　誰が拭くと思ってるんですか？」

「烏丸さんは、いつでもどこでも烏丸さんですよねー」

痩けた頬でゲンナリとそう言う黒木を、健吾は心配そうな顔で覗き込んだ。

「でもどうしたんですか？　本当に元気がないですね」

「傘を盗られちゃったんですよ」

「傘？」

「そうなんです、ここの近くのカフェでの話なんですけど……」

黒木は今日、公休だったらしい。

久しぶりの休みでテンションの上がった彼女は、昼食を食べに、普段ならあまりしないおしゃれをしてカフェに向かったそうだ。そして、食事を終えて一息つき、どうせならばケーキも食べてしまおうかと店員を呼んだところで、署から『健吾がコンビニで強盗に遭った』という電話を受けたのである。

　ケーキには心残りがあったが仕事だから仕方がないと諦めることにした黒木。しかし、店を出ようとしたところで、自分が持ってきた傘がないことに気がついたのである。

「警察官の傘を盗るだなんて、本当に許せません！　警察官は身内が害された事件には厳しいんですよ！　ドラマで学ばなかったんですかね!!」

「傘は身内判定なんですね……」

　呆れたような烏丸の呟きを聞きながら、健吾は窓の外を見る。

「あれ？　でも今日は、雨なんか降っていませんでしたよね？」

「今日は、午後から雨が降るって予報だったんですよ」

「まぁ、予報は外れたみたいですけど……」と黒木は肩を落とす。その様子を見るに、よほど大切な傘だったのだろう。これが例えばビニール傘だったならば、怒りこそすれ、こんなに落ち込んだりはきっとしない。

　健吾は凹む黒木を見たあと、はっと何か思いついたかのように顔を跳ね上げた。

「そうだ！　烏丸、勝負しないか？」

「はい？　勝負？」

「どっちが早く黒木さんの傘を見つけるかの勝負！　んで、俺が勝ったら、烏丸は俺と食事に行くってことで！」

にっと歯を見せて笑う。すると烏丸は根負けしたのか「はいはい、それであなたの気が済むのなら……」と、ため息を一つ零すのだった。

2

調書を取り終えたあと、三人は連れ立って黒木が傘をなくしたというカフェまで来ていた。白いモルタルの外壁がまぶしい、そのこぢんまりとしたカフェの名前は『Naughty』。公園に併設されているから『Naughty（わんぱく）』という名前なのだろうか。店内は子ども連れの母親や女性たちで賑わっていた。今日のおすすめはベリーのタルトらしい。

混んでいる店内に入ることなく、三人は店外に置かれた傘立てを注視する。

最初に口を開いたのは、烏丸だった。

「傘はここでなくなったんですよね？」

「はい」

「どんな傘でしたか？」

その質問に、黒木は人差し指を唇に当てる。

「えっと、黒い傘です。男性もので、招き猫のストラップがついていました！」

「男性もの？」

「彼氏さんのものですか？」

烏丸に続いて健吾がそう首をかしげると、黒木は真っ赤になりながら首を振った。

「ち、違いますよ！　彼氏なんかいません、父のです！　私の傘がちょうど先週の大雨で骨が折れちゃいまして、借りてたんですよ……」

そういう黒木は、一人暮らしだったはずだ。ということは、きっとその傘は可愛い娘の様子を見に来た彼女の父が、置いていったものだろう。もしくは、つい最近里帰りをして、持って帰ってきてしまったものか。

先ほどまでの赤い顔を収めて、彼女は悲しげにうつむく。

「あれ、父のお気に入りの傘だったんです。だから、このまま見つからないと、父に申し訳が立たなくて……」

「そうなんですね」

「ってことで健吾さん、お願いしますね！　烏丸さんも！」

健吾の手をぎゅっと握って、彼女はそう懇願する。烏丸が「私だけなんだかおまけみたいな扱いですね」と言っても無視である。なぜなら彼女は、健吾が名探偵だと信じて疑わないからだ。今までの健吾の推理を組み立てていたのが、たった今おまけのような扱いをした彼だとは気づかないまま、彼女はさらに手を強く握って「よろしくお願いします」と念を入れる。

その願いに健吾がどこか申し訳なさそうな顔で「はぁ」と頷くと、彼女は先ほどまでの憂いを少しも感じさせないいつもの笑顔で、彼らに背を向けた。

「それでは、私はこの調書を熱釜中央署まで持って行ってきます！　できるだけ早く戻りますね！　それまでよろしくお願いします!!」

それだけ言うと、黒木は駆け足でその場を去って行った。なかなかに足も速い。

黒木の背中が視界から消えて、健吾はがっくりとうなだれた。

「自分で言っといてなんだけどさ。これ、本当に見つけられるかなぁ」

そう言って彼が見つめるのは、目の前の公園である。そこは熱釜市一大きな『あつかま運動公園』。山の上から下りるような長い滑り台が特徴的な大きな公園だ。アスレチックやバスケットコート、テニスコートにキャンプ場、ついでに小さな観覧車と子供が乗るミニSLまで一緒になったそこは、もはや小さな遊園地にさえ見える。相当な広さだ。

しかも、そこから歩いて十分の距離に小さな駅もあるので、傘を盗った犯人がそのまま隣町まで持って行ってしまった……なんて可能性も十分ありうる。

健吾はたかが傘捜しだと、安直に考えたことを後悔した。もしこれで傘が見つからなければ、無駄に期待をさせてしまった黒木に申し訳ない。

そんな健吾の様子がわかっているのかいないのか、烏丸はケロリとこう口にした。

「大丈夫ですよ。傘はそんなに遠くに行ってないと思います」

「え？」と間抜けな声が出る。そんなに遠くに行っていないとはどういうことだろうか。

そんな疑問を健吾が口にする前に、烏丸が答えた。

「だって今日は一日、まったく雨が降っていないじゃないですか」

「だから？」

「察しが悪いですね。つまり犯人は、差すために傘を盗んだわけではない、ということです。私の予想では、傘はこの近くにありますよ——ということで……」

烏丸は側にあったベンチに腰掛けた。そして優雅に足を組む。

彼のそんな行動に、健吾は目を瞬かせた。

「え。どうして座るんだ？」

「ヒントは出し終えましたので、ハンデを差し上げようかと」

「は？　ハンデ？」

「私、実はもう、傘を見つけてしまったので」

嘘とも取れるようなそんな言葉に、健吾はあんぐりと口を開けた。

「マジで!?」

「はい。ですので、十分間ここで見学させていただきますよ。十分以内に健吾が傘を見つけられたら健吾の勝ち。見つけられなかった場合は、おそらく私が勝ちますね」

「ちょ」

「それでは、よーい、どん！」

そう言って烏丸は手を叩く。健吾はそれと同時に辺りを見渡した。

この公園は相当広い。……が、烏丸はカフェの側に立ったまま傘のありかを導き出した。おそらくそれがヒントだろう。カフェから見える位置、もしくは、通ってきた道付近に傘はあるはずだ。

「といってもなぁ……」

近くには、ロープで作った巨大なジャングルジム、うねうねとうねる滑り台。トランポリンのように飛び跳ねることができる遊具に少し古びたバスケットコート。隣にあるのはフェンスに囲われたテニスコートで、その奥にはどこの公園にもありそうな遊具もある。カフェの側に立っているだけでこれだけのものが見えるのだ。来た道まで捜すとなると、相当な根気がいる作業になることだろう。

「まぁでも、どっちにしろ立ってるだけじゃ見つからないよな！」

健吾はまるで活を入れるように自分の両頰を手で叩く。そして、余裕綽々（しゃくしゃく）な烏丸を振り返った。そして鼻先に人差し指を突きつける。

「いいか！　俺が先に見つけたら、そこのカフェのケーキ、一緒に食べてもらうからな！」

「はいはい。ご勝手に」

面倒くさそうにそう言う烏丸は、もう勝利を確信しているようにさえ見える。そんな彼の態度に健吾は不満げに口を尖らせたあと、まず手始めにと、ジャングルジムの付近から傘を捜し始めるのだった。

しかし、三十分後――

「やっぱり見つからないー！」

健吾はぐったりとベンチに仰向けに寝転んだ。そんな彼を見下ろすのは、勝ち誇った笑みを浮かべる烏丸である。

「情けないですね、健吾。あんなに必死に頼み込んで、二十分も延長してもらったのにもかかわらず、この体たらくとは」

「うっさいなー」

「もしかして、あの船での推理は偶然だったんですかねぇ。あのときは詳細は詰められなかったものの犯人は言い当てましたし、なかなかいい線いっていると思っていたのですが」

「嫌みはいいから、もうさっさと傘がどこにあるのか言えよ」

健吾の言葉に烏丸は「では、ついてきてください」と一人歩き出す。健吾は、ベンチから起き上がると、その背中についていった。

「私の予想では、この辺にありますよ」

烏丸がそう言った場所は、カフェの目と鼻の先にあるバスケットコートである。彼はバスケットゴールの下に立つと、その側にある腰程度の高さの生け垣を見下ろした。

そして彼は、その生け垣をしばらく見つめたあと「この辺ですかね」と呟き、おもむろに手を突っ込んだ。そして、すぐに手を引っこ抜く。その手には……。

「ありました」

「は？　なんで!?」

黒い傘が握られていたのである。

招き猫のストラップもちゃんとついている。間違いなく黒木のものだ。

「簡単な推測ですよ。先ほども言ったように、今日は雨が降っていませんでした。ということは、盗んだ犯人は差すためにその傘を盗んだわけではない。ではなんのために盗んだのか。ここでヒントになるのが、どうして黒木さんの傘を選んだのか、ということです」

烏丸は、傘を持ったままカフェに移動する。そして、傘立てを指さした。

「見てください。今日の予報が雨だったので、傘立てにはいくつか傘が並んでいます。では健吾、どうして犯人はこの中から黒木さんの傘を選んだと思いますか？」

健吾は眉を寄せながら傘立てを見つめる。傘立てには様々な傘が並んでいた。黄色に白、水色に桃色、オレンジや緑。キャラクターが描かれている傘は、きっと子どものものだろう。

「えっと、……黒いか――」

「マイナス五点」

被せるように断じられた。ひどい。

烏丸は健吾と同じように、傘立てを見下ろした。

「犯人が黒木さんの傘を選んだ理由は、黒いからではありません。彼女の傘が、男性のものだったからですよ。正確に言えば、女性ものの傘より長かったからです」

「長さ？」

「ええ。それではもう一度質問です。どうして犯人は、長い傘が必要だったのでしょうか？　見つかった場所から推測してみてください」

「見つかった場所から？」

「この傘はバスケットゴールの側にありましたよ」

そのヒントに健吾はしばし固まったあと、「あっ！」と何かひらめいたような声を上げた。そして、バスケットゴールの下まで走って行くと、ゴールリングを見上げた。

「もしかして、ボールを取るため!?」

「プラス五点」

烏丸は機嫌よくそう言うと、健吾にゆっくりと近づきながら、バスケットゴールのバックボードを指さした。

「そうです。その証拠にあのゴールのところ、黒い痕が残っているでしょう？　あの痕はきっと傘の柄がぶつかったときにできたものです。おそらく、この傘を盗んだのは、ここで遊んでいた少年少女たち。ボールがリングとボードの隙間に挟まり、落ちてこなくなってしまったので、ボールを取るために近くのカフェにある一番長い傘を拝借した、というのが真相でしょう」

カフェの客のほとんどは女性だ。その中で、黒木の男性ものの傘は一際目を引いただろう。そして、彼らはその拝借した傘を返すことなく生け垣に差したのである。もしくは返そうとして、そこに刺したまま忘れていったか……。

「ということなので、私の勝ちです」

そんな烏丸の勝利宣言で、この勝負は終了した。

採点はもちろん、0点である。

3

「お二人とも、ありがとうございました！」

熱釜中央署から戻った黒木は、二人を前にそう頭を下げた。彼女の腕には、先ほど烏丸が見つけた傘。見つかったのが相当嬉しかったのだろう、彼女はまるで大切な人の形見のようにその傘を抱きかかえている。

「まさか本当に見つけてくださるとは、思ってもみませんでした！　本当にありがとうございます！」

黒木は嬉しそうにほくほくしながらそう言った。しかし、並んだ二人の片方が少し元気がないと気づくや否や、その大きな黒い目を見開き、首を傾げた。

「あの、健吾さん。どうかしたんですか？　なんだか少し、元気がないように見えますけど……」

「あ、いや……」

「実は、健吾様と私で賭けをしていましてね。それに負けてしまったので、へこんでいるみたいなんですよ」

健吾の代わりに烏丸が答えると、黒木は首を傾げたまま「ちなみに、どういう賭けだったんですか？」と質問をしてくる。

「健吾様が先に黒木さんの傘を見つけたら、私が一緒にそこのケーキを食べる、という賭けです。まぁ、私が勝っても何もないのですが、健吾様があまりにもしつこいので賭けに乗ったんですよ。そうしたら、たまたま私の方が先に傘を見つけてしまって……」

まさか本当のことを言うわけにもいかない烏丸は、そう上手に言い繕う。絶妙に嘘をついていないところがキモだ。

黒木は背後にあるカフェを振り返ったあと、不思議そうな声を出す。

「あそこのケーキ、そんなに食べたかったんですか？」

「いや、そういうわけじゃなくて。俺、烏丸が食事をしてるところ、見たことがないんですよね。だからちょっと見たくなっちゃっただけというか。興味本位なんですけど」

「え!?　お二人って、一緒に住んでるのに、お食事は別々なんですか？」

意外だという顔をする黒木に、健吾は「完全に別々ってわけじゃ……」と声を漏らす。

実際、健吾と烏丸はそれなりの頻度で食事を共にしている。ただその食事の種類が違うだけだ。固体か液体か。一般的に食べられているものか、そうじゃないか。売られているものか、いないものか。

「それって、健吾さんが可哀想ですよ！」

健吾の話を聞いて何か思うところがあったのか、黒木はそう烏丸に声を張る。

「一人で食べる食事って、本当に美味しくないんですよ！　私、結構家族が多い家で育ったのでわかります！　ご飯ぐらい、一緒に食べればいいじゃないですか！」

「嫌ですよ。そもそも、これは私のポリシーの問題ですから」

「ポリシーって、執事として主人と一緒に食事を取るのが畏れ多い、とかですか!?　そんなの今更でしょう！　大体、烏丸さんって健吾さんのことまったく敬ってないですよね!?」

いちいちずれているが、健吾を敬っていないところだけは言い当てている。

たしかに敬ってはいない。

「それなら烏丸さん、私と賭けをしてくれませんか？」

「なんですか唐突に」

「私と勝負をして、勝ったら健吾さんの頼みを聞いてあげてください！　ちなみに、ケーキは私が奢りますから！」

雄々しくそう言う彼女を、烏丸は「嫌です」と断じる。そこには一分（いちぶ）の隙もない。

「なんでですか⁉」

「必要性を感じないからですよ。それにその条件だと、私が勝ってもなんの利益にもならないじゃないですか。健吾様との勝負を受けたのは、四六時中ああやって騒がれたら面倒だって理由があったからですが、黒木さんは違うでしょう？」

烏丸のその言葉に、黒木は「それなら！」と声を上げる。

「私が負けたら『今後一生、烏丸さんのどんな呼び出しにでも応じる』って条件ならどうですか？」

「はい？　どんな呼び出しにでも？」

「雑用どころか足にだって使ってもらって構いませんよ！　休日だって関係なしです」

「ちょっと黒木さん！」

「大丈夫です！」

さすがに止めようとする健吾に、黒木は頬を引き上げた。

その余裕のある笑みに、烏丸は少し考えるそぶりを見せる。

「その条件なら別に受けても構いませんが、一体なんの勝負をするというんですか？　あなたに有利なだけの勝負には乗りませんからね」

「大丈夫です！　確率的には五分の勝負ですから！　無理に受けてもらうので、条件的には烏丸さんに有利にしてもらっても構いませんし！」

「五分の勝負？」

「じゃんけんです」

黒木はチョキの手を烏丸の前に持ってくる。

「じゃんけんで勝負しましょう！　五回中、五回勝ったら私の勝ち。一回でも烏丸さんが勝ったら烏丸さんの勝ちでいいですよ！」

五回のじゃんけん全てで黒木が勝つ確率は、二百四十三分の一。

どうやっても烏丸が有利な条件だ。

あまりにも無謀な挑戦に、烏丸は眉間に皺を寄せた。

「その条件なら受けますが。大丈夫ですか？　あなた、確率の勉強したことあります？」

「ありますよ。数学は苦手でしたがそのぐらいなら」

そこまで言われたら受けないわけにもいかないだろう。二百四十三分の一の奇跡はそう起こらない。これはもう、ほとんど勝敗が決まっているゲームである。

烏丸は仕方がないといった顔で「それなら……」と拳を出した。

しかし、その数分後――

「あなた、一体どんなトリックを使ったんですか？」

烏丸は全敗していた。しかも、あいこもない、ストレート負けである。

二百四十三分の一の奇跡だ。

黒木はしてやったりという顔で、最後に出したグーの手をまるでガッツポーズのように胸元に掲げた。

「ふふふ。実は私、今まで一度もじゃんけんで負けたことがないんですよ」

「一度も？」

「それはさすがに、話を盛りすぎでは？」

怪訝な顔をする二人を前に、黒木は胸を張る。

「学生時代、友人と百回じゃんけんして、それでも一度も負けませんでした！」

さすがの烏丸も「はぁ!?」と呆けたような声が出た。とんだチートである。運がいいなんてものではない。百回のじゃんけんをひたすら勝ち続けるだなんて、普通なら絶対に不可能だ。

つまり彼女は、烏丸に絶対に勝てる勝負を挑んだということだった。

「それはさすがに、ずるくないですか……」

「ずるくないです！　別に、私が何かしてるというわけではないですから！　――と、いうことで、烏丸さん行きましょう！　健吾さんも！」

黒木は烏丸の背中を押す。向かう先はもちろん、カフェの店内だ。

本来なら勝てるはずの勝負で負けたのが悔しいのか、はたまたばつが悪いのか、抵抗はしないものの烏丸の表情は優れない。いつもの人を小馬鹿にしたような笑みは今は見られなかった。

三人はテラスに近い窓際の席に通される。

やってきた店員に、黒木は「本日のおすすめ三つお願いします！」と注文をした。

「なんか、今日初めて烏丸さんにギャフンと言わせた気がします！」

「ギャフンと言って、この状況から解放されるのならいくらでも言いますよ」

はぁ、と烏丸からため息が漏れる。珍しい。

そうこうしていると、三人の前に本日のおすすめ――ベリーのタルトが運ばれてくる。

「わぁ！　美味しそう！」

「ホント、美味しそうですね」

「ここのタルト、有名なんですよ！　だからずっと食べてみたくて！」

三人の中で一番嬉しそうな声を上げるのは、黒木である。そういえば彼女、今日のお昼にケーキを食いっぱぐれたなんて言っていた。もしかしてその時に頼もうとしていたのが、このタルトだったのかもしれない。

「それじゃ食べましょ！　いただきます！」

「いただきます」

「……はぁ」

未だため息を吐いている烏丸を尻目に、健吾と黒木はタルトにフォークを刺す。

ほろほろとしたタルト生地と、果肉のしっかり残ったベリーソースを一緒に口に含むと、甘酸っぱいベリーの香りが鼻を突き抜けていく。そのあとに広がるのは、濃厚なカスタードの甘み。黒木は思わずといった感じで、頬に手を当てた。

「んー！　美味しぃ！　さすが有名店!!」

「これはたしかに、美味しいですね」

「……」

「ほら、烏丸も！」

「一人だけ食べてないとおかしいですよ？」

勧められ、烏丸は渋々といった感じでフォークを手に取る。「なんで私が……」とぶつくさ言ってはいるが、どうやら抵抗する気はないらしい。

烏丸は、目の前のタルトを突き刺した。そして「もう、これっきりですからね」と宣言し、一口大に切り分けたタルトを口に運んだ。

「………」

「どうですか？」

「美味しいだろ？」

覗き込んでくる二人に、烏丸は困ったような顔で「……まぁ」と不承不承に頷いた。

4

「はぁ。美味しかった！」

「美味しかったですね」

「……」

三人が店を出る頃には、もう日が落ちかけていた。太陽が沈む方の空はオレンジ色に染まっており、反対側の空からは夜の藍が広がりつつある。

自分へのお土産にとタルトを一つお持ち帰りにした黒木は、初めて烏丸を負かしたことも相まってか、ひどく機嫌が良さそうだった。食べる前はあんなに嫌がっていたにもかかわらず、烏丸もさほど不機嫌そうには見えない。

そんな二人の背中を見ながら、健吾は赤紫色に染まる空を見上げた。

（なんか最近は平和だなぁ……）

ここのところ、殺人事件に出くわしていない。細々とした犯罪は周りで起こっているが、それも大した事件にはなっていなかった。今日だって強盗には出くわしたが、たまたま警察官もいて一緒に取り押さえることができた。この感じだと、もしかしたら多少は体質が改善しているのかもしれない。

もちろんまだ、普通の人のようにはいかないが……。

（今日食べたタルトも美味しかったし、これで明日も頑張れそうだな）

そう、唇を引き上げたときだった。健吾は何かに気がついたようにハッと息を呑む。

そして、先ほどまで機嫌が良さそうだった顔を一瞬にして青く染め上げた。

「やば……」

「どうかしましたか？」

　健吾の変化に気づいた烏丸が振り返る。

「そう言えば俺、大学のゼミ室に忘れ物してきたんだった！」

「何を忘れてきたんです？」

「構造力学の教科書。明日、小テストがあるんだよー。先輩から借りたプリントも中に挟んでいたし……」

「ついていきましょうか？」

　烏丸の言葉に健吾は首を振る。

「大丈夫！　大学までは近いし、すぐに取ってくる。烏丸は夕飯の支度があるだろ？

……あ、それとも今日は外で食べてこようか？　たまには休みたいだろ？」

「なに言ってるんですか。この私がいるのに外食なんてさせるがわけないでしょう？　もう、食べたタルト分のカロリーを差し引いたメニューを考えているので、ご心配なく」

「そっか。それは楽しみだな」

　健吾は歯を見せてニッと笑う。そして彼らに背を向けた。

「んじゃ、行ってきます！」

「あ。健吾さん、お気をつけて！」

「はーい！　黒木さんも気をつけて。女性なんだから夜道を出歩いちゃダメですよ！」

　黒木の言葉に振り返り、健吾は手を振った。

いつもどおり走り出せば、先ほどよりも夜の気配が近くなっていることに気がつく。
(早く行かないと、大学の門も閉まっちゃうな)
しかしその後、健吾が烏丸の作った夕食を食べることはなかった。
大学に向かったまま行方不明になってしまったのである。

第五章　誘拐×脱出×救出

1

目を開けたら知らない天井だった。

——というのは物語の冒頭でよく見かけるけども、その天井が車の天井で、手足を縛られ、猿ぐつわもはめられて、運転席には誰が乗っているのかわからない、という状況は普通に人生を生きていて結構よくあるものなのだろうか。

まぁ、健吾にとっては人生三回目の出来事であるが、自分の普通が普通でないことぐらい、彼にだって理解できた。どうやらまた、攫われてしまったらしい。

健吾は天井から視線を外し、寝転がった状態のまま車用のカーテンの隙間から見える外の景色を確かめた。どこを走っているかはわからないが、恐らく今は夜だろう。外が暗い。月の高さから考えて、カフェを出てから二、三時間といったところだろうか。

縛られた状態でポケットをまさぐってみたが、携帯電話はなくなっていた。他にあったのは、上着のポケットに入れっぱなしにしていた屋敷の鍵と財布、あと、いついかなる場合にでも事件に対応できるように持ち歩いている、ボールペンと手のひらよりも小さなりングノートだった。

（というか、なんでこんなことになったんだっけ……）

健吾の最後の記憶は、大学に向かっているときだ。烏丸たちと別れて走っているとき、目の前に車が止まった。そして降りてきた人物に突然腹を殴られ――

（迂闊だったな。いつもなら攫われる前に多少は抵抗できるんだけど）

抵抗といっても健吾の抵抗は、相手を倒すことではない。逃げることだ。

身体が大きくなりにくい健吾には柔道や剣道といった、いわゆる武道は身につかなかった。なので、身軽さを活かしたスポーツクライミングやパルクールといったスポーツを、大学の先輩に教えてもらいながらやっている。これを使い、今までにもいくつかの誘拐事件を未遂に終わらせてきたのだが……。

（今回の相手は、格闘技でもやってるのかな……）

腹を殴られ気絶させられたのなんて、初めての経験だ。いつもはスタンガンか何かで気絶させられるのだが、不幸なことに今回の相手は腕っ節もそこそこのようである。

（というか、なんで俺は警戒しなかったんだっけ？）

小刻みに動く天井を見ながら健吾は未だ霞がかかった記憶を探る。

これまでの不幸な経験により、普段なら車が目の前に止まっただけで無意識に身構えてしまう健吾なのだが、なぜか今回はそうしなかった。いや、車が止まった瞬間はやはり警戒したかもしれない。しかしその後、健吾はなぜか警戒を解いたのだ。

（なんで――）

その時、突然車内にブレーキ音が響き渡り、車が急にスピードを落とした。その瞬間、身体が座面から転がり落ちそうになる。腹筋と背筋をフルに使い、すんでの所で座面から転がり落ちることは免れたが、上半身は前にせり出すような形になってしまった。

そして健吾は、その体勢でとんでもないものを見てしまう。運転席に座る人物だ。

（あぁ、そうだ……）

だから健吾は警戒を解いたのだ。車から降りてきた人物が彼だったから。警戒する必要なんて全くなく、むしろ、安心感を覚えてしまうような人物だったから。

呼吸が止まる。手のひらに汗が滲み、心臓がこれでもかと早鐘を打った。

運転席に座っている人物が振り返る。そして、起きている健吾に気がつき、眉を寄せた。

（上条さん……）

上条英一（えいいち）、六十歳。

かつて『花京院付き』として、健吾たちと一緒に事件に対応していた、元刑事である。

2

「さて、どうしましょうかね」

健吾がいなくなった数時間後、明け方の花京院邸で烏丸はそう呟いた。

優雅に足を組んで椅子に座る彼の前には、画面の割れたスマホ。その奥には健吾に食べさせる予定だった、昨晩の夕食があった。

状況はわかっていた、健吾は恐らく何者かに攫われたのだ。

しかし、烏丸がそのことに気がついたときにはもう状況的に遅く、健吾は跡形もなく消え去ったあとだった。証拠らしきものは、犯人が投げ捨てたのだろう健吾のスマホとタイヤ痕ぐらい。しかも、攫われたのが防犯カメラなどは設置されていない通りだった上に、目撃者もいなかった。つまり、犯人を突き止める証拠はないに等しいのである。

(それでも、身代金等を要求する電話がかかれば、まだ犯人の絞り込みができたのですが……)

こんな明け方になっても、犯人は花京院邸に電話一つ寄越していなかった。人を拐かすような犯人が『夜分遅いから……』と電話を躊躇するわけがない。つまり、犯人は健吾を攫ったが、身代金などを要求する気はないということである。

「つまり、狙われたのは健吾自身、ということですね」

健吾は誰かに命を狙われるような人間ではないけれど、いなくなった彼の父親がどういう人間だったのか烏丸は知らないし、仲良くしている八方だって彼の友人ほど味方ではないが、それなりに多くの敵を抱えている。現在父親の代わりに健吾の保護者になっている彼の叔父だって、一筋縄ではいかない人物だし、烏丸だってあまり人に好かれる性格ではない。

彼らを恨んでいる人間が、本人ではなく健吾にその恨みの矛先を向けたとするのなら、彼が命を狙われるのもわかるというものだ。

(それに、今までの事件で捕まえた犯人の家族にはシンプルに恨まれているでしょうしね)

あまり考えたくない話だが、常人には理解できない嗜好を持つ人間に目をつけられた、なんて可能性もゼロではない。

そんな風に考え出すと、調べるべき容疑者は次から次へと湧き出てくる。そもそも絞り込む要素がなさすぎるのだ。それに加え、健吾の命はあちらに握られている。

時間が少なすぎる。

「ここまで、ですかね」

烏丸は一言そう呟き、立ち上がった。

これはもう手詰まりだ。諦めるしかないだろう。

もう着慣れてしまった燕尾服の上着を脱ぎながら、烏丸は支度を始める。支度というのは、もちろんこの屋敷を出て行く支度だ。烏丸は健吾を見捨てると決めたのだ。

(以前、黒木さんに言ったことが、まさか現実になるとは思いませんでしたね)

「例えばの話ですが、もし健吾様が何者かに誘拐されるようなことがあっても、私は彼を捜したりはしませんよ」

「健吾様の体質は黒木さんも知っているでしょう？　それにお父様の話も。彼が誘拐されて絶対に無事という保証はない。誘拐された先で他の事件に巻き込まれている可能性だってある。そんな人を捜そうとするだなんて、すごく骨が折れる作業じゃないですか。時間をかけて捜し出したけれど、結局見つけたのは死体だった――なんてこともありそうですし」

クローズドサークルと化した船に健吾が乗ってしまったときの会話だ。

その時は『可能性』としてそう話したが、現実にそれが起こってしまった今でも、その気持ちは変わっていない。

「健吾様が攫われたら、私はきっとすぐに次を探しに行きますよ。だって、その方がずっと効率がいいですから」

そう、絶対にこの方が、効率がいいのだ。

どこにでも転がっている、特別美味しいわけでもない血のために、無駄な労力はかけられない。人間よりもはるかに長寿な吸血鬼にとっても、時間は有限だし、労力は惜しむべきだ。

そう考えると、彼の側を離れるのはむしろ遅かったと言えるのかもしれない。

健吾と烏丸の間にある『契約』は別に吸血鬼全員がやっているものではなく、烏丸が独自にやっているものだ。普通の吸血鬼は、基本的に一人の人間からしか血をもらわない。その方が吸血鬼だとバレるリスクも最小限に抑えられるし、楽だからだ。もちろん例外はいるが、その人間の寿命が尽きるまで吸血鬼は、彼または彼女の血を飲み続ける。

しかし、烏丸はそれで満足できなかった。美食家ゆえに、長年同じ血を飲み続けることに苦痛しか感じなかったのだ。だから彼は、テーブルに着くマナーとして『契約』なんてものを作ったのである。

（つまり、所詮は口約束ですからね）

従わなければどうこうということはない。罰則や縛りもない。

ついでに言うなら、契約を破棄することに対しての、良心の呵責もない。

だから、早く離れれば良かったのだ。仮にも美食家を名乗るのなら、こんな口に合わない血の側に長居するべきではない。

いろいろな事件が巻き起こる彼の側にいるのは、正直、飽きなかったけれど。ただ長いだけのつまらない日常を刺激的にはしてくれたけれど。……それだけだ。

それにずっと後悔していたのだ。

なんて、面倒で、危なくて、割の合わないことを、引き受けてしまったのだろうかと。

ずっとずっと後悔していた。

だから、これは離れるのにいいチャンスなのだ。千載一遇と言ってもいいかもしれない。

烏丸は私室に帰り、数少ない私服をカバンに詰める。置いていってもいいのだが、自分がいた痕跡はできるだけ消しておきたかった。ちなみにこれらの服は、烏丸がここに来たばかりの頃に健吾がわざわざ買ってきたものだ。「燕尾服ばっかりだと、肩がこるだろ?」と。

(私には私の趣味があると言ったんですがね)

しまってあったTシャツを広げる。

(これなんて、まったくと言っていいほど着てないやつですね。もういっそのこと健吾に置いていきましょうか。彼には少し大きいですが、まぁ、そういうものとして着れば問題ないでしょうし……)

そこで烏丸は自らの思考にはたと止まった。そして、かぶりを振る。

(ここに帰ってこないかもしれない人間のことを考えても、仕方ありませんね)

烏丸は眉間に皺を寄せたまままため息を吐く。

次に立ったのは、キッチンだ。自分に割り当てられた部屋よりも、この場所の方が烏丸の私物がたくさん残っている。

(調理器具はどうしましょうか。次の契約者のところへ持って行ってもいいですが、どうせ使わないでしょうしね)

烏丸が来たとき、調理器具はほとんど揃っていないに等しかった。

父親がいなくなってからの健吾は、しばらく三人の姉と、心配で駆けつけてくれた叔父との五人で、花京院邸で一緒に暮らしていたらしいのだが、その頃は専属の料理人が料理をしていたようなのだ。しばらくして、叔父が仕事の関係でイギリスに行くことになり、三人の姉も各々独立することになったので、たった一人の人間の食事を作ってもらうのは申し訳ないと、健吾は残っていた数人の使用人と専属の料理人を解雇し、完全な一人暮らしを始めたのだという。

その料理人が屋敷を去るときに、調理道具なども一式持って行ってしまったらしく、烏丸が来たとき、花京院邸にはまったく調理道具は残っていなかった。

ちなみに、一人暮らしをしていたときの健吾のご飯は全てコンビニ飯。お金に困っていないとはいえ、健吾は少しも自炊をしていなかった。正直最初は「こんな人間の血を飲むのか」と悲鳴を上げたほどだった。

(結構気に入ったもので揃えましたし、このまま置いていくのは忍びないんですが……)

ブランドもので揃えた鍋や、一品ものの包丁。香辛料は全て個人輸入で揃えたし、最新のフードプロセッサーやオーブンも導入してある。

元々の性格なのだろう。今までは料理なんてそんなにしたことがなかったのに、凝り出したら止まらなくなったのだ。

(健吾の健康管理のためにしても、少々やりすぎましたかね)

実は、そのことには結構前から気がついていたけれど、食事の度に「うわ、なにこれ！めっちゃ美味しい!!」と大げさに喜ぶ健吾の顔に絆されてしまい、ついついそのままで過ごしてしまったのだ。

（……というかあの人、一人でお金の管理とかできるんですかね）

それなりに高い調理器具を見ながら烏丸は眉を寄せた。

実は、この屋敷のお金の管理は全て烏丸に任されていた。それは彼の叔父からの提案でもあったし、健吾からの願いでもあったのだが……。

（普通、出会ったばかりの人間に、お金の管理任せたりします？　私が提案した調理器具などを全て買い揃えてくださったのは良かったんですが、アレは〝お金に無頓着〟というよりは〝興味がない〟って感じですよね）

烏丸が「こういうのが欲しいですね」と言うと「じゃあ、買おっか」と二つ返事で頷いた健吾。それを烏丸は『扱いやすい』と評価しながらも、心のどこかで『危なっかしい』と思っていた。

（あの性格ですし、放っておいたら、詐欺にでも引っかかりそうですよね。今度また改めて注意を——って……）

また、健吾のことを考えてしまっていた。

烏丸は頭をガシガシと掻く。とりあえず調理器具のことはあとで考えるとして、烏丸は冷蔵庫を開けた。そこには健吾の血液が収められているのだ。

「とりあえず、これは餞別として持って行くことにしますか。ここにあっても仕方がないですし」

烏丸は健吾の血液が入った輸血バッグを手に取る。そこには採血した日付と時間が記されていた。最後に採血したのは昨日の朝である。

耳の奥で蘇るのはその時の会話だった。


「俺さ。実は、採血するの苦手なんだよなぁ。針で刺される感覚がちょっと嫌で……」

「じゃあなんで、契約なんかしたんですか。こうするのは最初に説明しましたよね？」

「いや。それはまぁ、成り行きで？」

「はぁ？」

「だって、吸血鬼が本当にいるだなんて、その時は信じられなかったし。説明聞いても、イマイチピンと来なくてさー。まぁ、いっかー……ぐらいの感覚で」

「あなたって人は……」

「でもまぁ、後悔はしてないよ」

健吾はゆっくりと目を細め、唇を引き上げた。にっと開いた唇の間から白い歯が覗く。

「烏丸といるの、なんだかんだ言って楽しいからさ」


「──ぁあ、もうっ！」

烏丸は手に持っていた輸血バッグを、冷蔵庫に投げ入れる。そして、勢いよく冷蔵庫を閉めた。そのまま、普段ならしない大股で、小食堂までズンズン歩いて行く。

「本当に、割に合わないっ！」

そして机に置いてあった自身のスマホを取った。

これも健吾が「連絡が取れないと不便だからさ」と用意したものだ。

そのスマホで電話をかけるのは、ほどほどに、それなりに、信用している人物である。

「……はい。どうしましたか、烏丸さん」

この電話で起きたのだろう、まったりとした彼女の声に、なぜか烏丸は怒ったような声を出した。

「おはようございます、黒木さん。突然ですが、健吾様が攫われました。あの困ったお坊ちゃんをお迎えに行きたいので、協力してください！」

まだ状況を理解できていないのだろう。そんな烏丸の言葉に対する黒木の返事は……

「え？　なんでそんなに怒ってるんですか？」だった。

3

「降りるぞ。休憩だそうだ」

上条がそう言って健吾を車から降ろしたのは車が止まってから十分後だった。その十分の間に上条は車外で誰かと電話で話していたのだが、健吾には何一つ聞き取れなかった。

　外に出るともう朝で、車が止まったのはサービスエリアだった。どうやら先ほどまでは高速度道路を走っていたらしい。サービスエリアに人気（ひとけ）がないのは、平日だからだろうか。しかし、降りたサービスエリアの場所が熱釜市からさほど離れていないことから、上条は環状になっている高速道路をぐるぐる回っていただけなのかもしれない。たしかに、常に動きつづける箱は、どこか一つの建物に隠れるよりも、場所が特定されにくいだろう。もちろん、人間が運転している以上、こうやって休憩を取ることが必要になるのが玉に瑕（きず）だが……。

　両手足のロープをほどかれ、ついでに猿ぐつわも外される。しかし代わりに、長いチェーンのついた手錠を左手にかけられた。そして、そのもう片方は上条の右手に。これで逃げられない、ということだろう。上条は長いチェーンを袖の中に隠し、健吾の手首を持った。

　端（はた）から見ればその光景は、少し年の離れた親子の仲睦まじい姿、という風に見えるかもしれない。

「あの、かみじょ――」

「しゃべるな」

　そうにべもなく断じられたのは、結構胸にきた。ちょっと泣きそうになってしまった。

（休憩っていっても、長く休めるわけじゃないんだな……）

休憩というからには少しは羽を伸ばせると思ったのだが、実際はトイレ休憩だった。トイレの間だけは手錠を外してくれるというので、もちろん個室に入る。これからどうするかを考えるためだ。外ではもちろん上条が待機をしているので、そんなに時間があるわけではないが、一人の時間は貴重である。

健吾は便座に腰掛けたまま状況を精査する。

一番の疑問はやはり――

(なんで上条さんが……？)

である。

上条とはそれなりどころか、結構仲良くしてきたつもりだ。親子、とまではいかなくても、男気のある彼のことをもう一人の父親ぐらいには思っていた。少なくとも、あの頭のネジが緩んだような叔父よりは父親っぽかったし、彼だって自分のことを息子のように思ってくれていると思っていた。

そんな彼が、なぜ――

(誰かに脅されてるのかな)

健吾のことを実は恨んでいた、とか。金銭目的で、とか。そりゃ考えれば考えるだけ、可能性は無限に出てくるけれど。しかし、そのどれもが上条の性格と噛み合わない。合致しないのだ。長年付き合って、上条の性格はなんとなく理解している。

彼は不真面目そうに見えて、軽そうに見えて、背中に一本筋が通っている、そんな男だ。

男というよりむしろ漢である。見た目が厳ついので黙っていれば頭の固そうな頑固親父に見えるかもしれないが、内実はそうではないし。時代について行けない自分をしっかり理解していて、使いこなせないスマホのことなどを部下に聞いて、ウザがられちゃったりするお茶目な一面も知っている。

そんな彼だからこそ人に嘘をつくのは苦手だし、誰かを恨んでいるのならこんな回りくどい真似はしないことも健吾はわかっていた。

だから彼が健吾のことを恨んでいるはずがないのだ。

金銭目的でこんなことをするはずがない。

論理的ではなく、感情的にそう思う。

あえてこれに一つ理屈っぽいことを付け足すとするならば、先ほどの彼の言葉だ。

『降りるぞ。休憩だそうだ』

だそうだ、というのは、きっとそれが彼の考えでないから出た言葉なのだろう。つまり、上条と電話していた人間が真犯人であり、上条は人質でも取られてただ操られているだけ……と考えるのは都合が良すぎるだろうか。

(そういえば、あれ、上条さんのスマホじゃなかったな……)

上条が先ほど首からかけていたスマホを思い出す。

普段、どこのスマホを使っているのかは知らないが、彼が使っているのは黒いスマホだったはずだ。電話をしているところなどを何度か見かけたことがある。しかし、先ほど彼が首からかけていたのは、シルバーのスマホだ。あまり詳しいことはわからないが、メーカーも違うような気がする。

(もしかして、アレで？)

真犯人は彼を操っているのだろうか。

考えてみれば、上条は首からスマホをぶら下げるような人間じゃないはずだ。首元でぷらぷらしているのが気に入らず「めんどくせぇな」とか言って、結局はポケットに入れるタイプの人間である。アレがもし犯人の指示だとするならば、上条が怯えているのはきっとスマホに内蔵されたカメラやマイクやGPSだろう。

あの手のひら大の万能機器に、彼は今、監視されている。

(それなら、とりあえず俺のやるべきことは……)

健吾はポケットからペンと小さなリングノートを取り出した。そして彼はリングノートにペンを走らせる。

ペンは剣よりも強し、と言うけれど。今このときにおいても、ペンは心強い相棒だった。

4

作戦、と言うほど大がかりじゃないが、ともあれそれは決行された。

「一つ提案があるんですけど、俺を座らせてくれませんか？」

車に乗せられる直前、まったく臆することなくそう言った健吾を、上条は驚いた顔で見下ろした。

「寝転がっていると全身が痛くなるんです。それに車の後部座席で寝転がっていたら、隣を走る車に不審に思われる可能性がありますよ。道路交通法違反でもあるので、最悪通報されるかも。上条さんとしても、それは本意じゃないですよね？」

「それは、そうだな」

驚いた顔のまま、上条はそう不承不承に頷く。

止められないのをいいことに、健吾はさらに続けた。

「あと、できれば手首も後ろではなく前で縛ってほしいです。いえ、別に何もしませんよ。動けないように足首も縛ってもらって構いませんし。ただ、後ろ手だとシートベルトもうまくつけられませんし、姿勢もおかしくなるので、それはそれで不審でしょう？　手首のロープは上着で隠しておけばバレませんから、どうか……」

健吾が言葉を言い終わる前に、上条のスマホに電話がかかってくる。非通知でかかってきたそれに上条は視線を落としたあと、「とりあえず車に入っていろ」と健吾を車に押し込んだ。そして、運転席のドアの前で通話を始める。

健吾の考えが正しければ、その電話の相手は健吾の誘拐を指示した真犯人である。先ほどの健吾たちの会話を、あのスマホを通して聞いており、電話をかけてきた、ということだろう。機械というかテクノロジーにそこまで明るいわけではない健吾だが、遠隔アプリやウイルスソフトなどを使えばスマホを使って常時監視、なんてこともわけないのだろうな……ということぐらいは簡単に推測できる。

それならばやはり、音声には気をつけなければ。それとカメラの位置も。GPSは難しいだろうが……。

（あと、確かめておくことは……）

健吾はドアの前で話す上条を見ながら、ドアハンドルに手をかける。バレないようにゆっくりと引っ張ってみたが、案の定、チャイルドロックがかかっていた。子どもが勝手に車の外に飛び出してしまわないための安全装置だが、車内に人を閉じ込めておくにも有用な装置である。

（助手席ならチャイルドロックもかかってないんだろうけどな……）

しかし、だからといって助手席から飛び出すのは無理だろう。後部座席から助手席に移動している段階で上条にバレるだろうし、たとえ運よく助手席のドアから逃げおおせたとして、健吾の予想が正しかった場合、犠牲になるのは人質にされている人間だ。もちろんこれは仮説なので、本当にただ上条が健吾を誘拐しているという可能性もあるのだが……。

そうこうしているうちに上条が電話を終えて運転席のドアを開ける。そして、こちらを覗き込みながらこう告げた。

「お前の提案を呑むことにした」

かくして、手足を縛られた状態での誘拐どきどきドライブが始まった。

あのいかにも怪しいスマホは常に上条の首にかかっており、充電コードも刺さっていた。その先は車のＵＳＢポート。充電切れは期待できないだろう。

それでも健吾は行動に移した。スマホは彼の考えた作戦の、障害にはならない。

しかし、健吾の考えた作戦というのは、たいしたものではなかった。大体、手足を縛られているのだから、たいしたことができるわけがない。彼が今持っているのは、屋敷の鍵と財布、ボールペンと手のひらよりも小さなリングノートだけである。これらを使って、できることといったら、これぐらいだった。

健吾は持っていたリングノートを顔の近くに掲げた。そこには……『これが読めたら、瞬きを一回してください』と鏡文字で書いてある。

そう、健吾が考えた作戦というのは、バックミラー越しに上条と会話をするというものだった。この紙を顔の近くに掲げるために、座った状態で手首を前に縛ってもらう必要があったのだ。

健吾は上条に見えるようにリングノートの位置を調節する。そうしていると、とある位置で上条の目がぱっと見開かれ、まるで頷くように瞬きを一回した。

（伝わった――！）

健吾は喜びで背筋を伸ばしたあと、リングノートのページを捲る。

『今から質問します。ＹＥＳなら瞬き一回、ＮＯなら瞬き二回してください』

上条はそれを見て一回瞬きをした。――YESだ。

『もしかして、誰かに脅されていますか?』

――YES

『人質を取られている?』

――YES

『それは、奥さん?』

――NO

『娘さん?』

――NO

『お孫さん?』

――YES

論理も理屈も何もない感情を主軸にした予想だったが、結果としてはほぼほぼ合っていた。人質に取られているのは上条の孫らしい。名前はたしか、錦織紬(にしきおりつむぎ)。健吾は会ったことがないが、『人なつっこくてかわいい子』だと上条がいつも自慢していた。今は幼稚園児だったはずである。

健吾は続けて質問をする。

『犯人を知っている？』

――ＮＯ

『現状を知っている人は他にいる？』

――ＹＥＳ

『それはご家族ですか？』

――ＹＥＳ

彼らの家族も誘拐のことは知っているようだ。

おおよそ『警察には何も言うな』とでも言われているのだろう。

健吾は情報を精査し、最後に最も重要な質問をした。

『トイレに行きたいって言ったら、車を止めてもらえますか？』

――……ＹＥＳ

5

別に場を和ませたくてああいうことを質問したんじゃない。健吾には健吾なりの理由があってあんな質問をしたのだが、上条はそう捉えてくれなかったようだった。

『トイレに行きたいです！』

質問した直後、そう発した健吾を怪訝な目で見ていたことからもそれはわかる。

けれど、仕方がないのだ。健吾にはこれしか方法がなかったのだ。

烏丸に、黒木に、現状を伝える方法が――


健吾はトイレの個室で次の作戦を実行に移す。

状況を把握したら、次はそれを誰かに報告しなくてはならない。こういう誘拐事件で被害者ができるのはそれぐらいだ。特にこういう場合は、上条の孫――紬を真犯人から奪い返してくれる誰かの協力を仰ぐのが必須である。ここで自分の経験則が唸るのが気に入らないが、使えるものは何でも使っていこう。そうでなければ、現状打破なんてできない。

といっても、やっぱりたいしたことはできない。手足を縛られてはいないとはいえ、自由に動けるわけじゃない。健吾の自由はこのトイレの個室に限っての話だし、持っているものも変わらない。上条が完全なる加害者ならここで思いっきり助けを呼べばいいのだが、人質を取られている以上、それはできない。そこら辺を歩いている人間に助けを求めるのも同じ理由で駄目である。まぁ、平日なので助けを呼べるほどサービスエリアに人はいないのだが……。

「……としたら、これしかないか」

現代日本でのみ使える通報の方法だ。海外では到底無理だし、日本でも通報率百パーセントとまではいかない。しかし、うまくいけば六十パーセントぐらいの確率で通報できるし、そこまで行けば『花京院付き』である黒木には確実に伝わるだろう。

失敗したときは、全所持金を失うだけだ。

でもまぁ、命を落とすよりはいいだろう。——財布を落とす方が。

健吾は現状を書いた紙を財布に忍ばせることにした。しかし、札が入るところは駄目だ。拾った人が善人でない場合、足が付きにくい札は盗まれてしまうからだ。

こういうときは身分証。免許証や学生証なんかが望ましい。財布を拾った人は、免許証なんかいちいち確認したりしないし、そこまで確認する人は、恐らくそのまま警察へ持って行ってくれるからだ。そして警察は必ず身分証を確認する。そしてそこにあからさまにSOSが書き込まれていたら、もうこれは見て見ぬふりはできないだろう。

健吾はカード型の学生証の裏に『助けてください』と大きく書き込んだ。備考の欄をこんなことに使った学生は恐らく初めてだろう。そして、リングノートから破った小さな紙に、これでもかと現状を書き込む。その紙を学生証が入っているポケットに差し込んだ。

チャンスは一回。

財布なんて二つも三つも持ち歩いていないので、これが最初で最後のチャンスだ。

健吾はトイレの個室から出る。そして、手を洗い終わると同時に手錠をかけられた。

申し訳なさそうな上条の胸元にはスマホのカメラが光っている。

健吾は車に戻る途中で、ポケットから出した財布を道ばたにそっと落とした。

これで、あとはあの二人が動いてくれるのを待つだけだ。

(烏丸は、動いてくれるかな……)

そう思ったが、なぜか不思議と見捨てられる気はしなかった。

6

「考えましたね」

烏丸は届けられた財布の前でそう零した。

場所は熱釜中央署の会議室。集まっていたのは、烏丸、長巻、黒木の三人である。

昼間に届けられた健吾の財布と切実なメッセージは、もう精査され、本人のものだと確認されたあとだった。

「どうして健吾さんが……」

そう呟いたのは黒木だ。

知り合いが拐かされて取り乱さないのは流石だが、その顔にはやはり動揺が見え隠れする。

そんな黒木を一瞥したあと、烏丸は視線を財布に戻した。

「黒木さん。気持ちはわかりますが、私たちが今考えなければならないことは、健吾様のことではなく、上条さんのお孫さんのことですよ」

「でも……」

「健吾様を攫った上条さんは、人質を取られ操られているだけ。つまり、真犯人からの指示があるまで健吾様は無事ということです。ならば私たちが注力すべきは、人質になっている錦織紬さんの救出です」

「……彼女さえ救い出せば、上条さんを縛るものはなくなり、状況は一気に好転する。ですよね？」

切り替えた黒木に烏丸は「そうです」と頷く。

そう、優先順位を誤ってはいけない。健吾がなすべきことをなしたのだから、こちらがやるべきことを間違えてはいけない。幸いなことに、健吾のファインプレーで彼らの乗っている車のナンバー、車種などはもうわかっている。つまり、Nシステムを使えば、今彼らがどこにいるのかを容易に把握できる状況となったのだ。もちろん、人質を取られている以上手出しはできないが、人質さえ解放されれば、あとはどうとでもできる。

そうこうしていると、会議室の扉が開き、馬越が飛び込んできた。

「失礼します。先ほど上条さんのご家族に確認が取れました。やはり紬ちゃんは昨日から行方不明らしいです。公園で遊んでいる最中に忽然と姿を消したそうで……。それからすぐに上条家に小包が届き、その中に『警察には言うな。言えば、子どもを殺す』と書かれた脅迫状と、スマホが一台入っていたそうです」

「スマホ？　つまり、上条さんにはそれで指示を？」

長巻がそう聞くと、馬越は「はい」とメモ帳を捲る。

「かかってきた電話に、最初は上条さんの娘さん——紬ちゃんの母親が出たらしいのですが、すぐに『上条英一に代われ』と言われ、代わったそうです。そこからの電話の内容はわからず……。上条さんは『とにかく待ってろ』とだけ言い残し、それから自宅へは帰ってきていないそうです」

「つまり犯人は、最初から上条さんに狙いを定めていたということですね」

元警察官である上条は、武道の心得もあり、荒事も一般人よりは得意だ。しかも、長年健吾と築いてきた信頼関係もある。これほど健吾を誘拐するのに適当な人間は他にいない。

烏丸は口元に手を当てて黙り込んだあと、長巻に向かって口を開く。

「長巻さん、黒木さんの他に捜査員をあと二組ほど貸し出してもらえますか？」

「それはいいが、どうするんだ？」

「黒木さんのマンションに行きます」

その言葉に一同が「え？」と顔を見合わせた。

そんな彼らに烏丸は、さらりとこんなことを言った。

「恐らく犯人は、森下みどりさんですよ」

「森下って……え⁉　あの、森下さんですか⁉」

思わぬ人物に、黒木は素っ頓狂な声を出す。

森下というのは以前、黒木のマンションで起きた殺人未遂事件で容疑者となった女性だった。容疑者と言っても、単に『事件が起きたときにマンションにいた』というだけだったし、彼女は本当に事件とは無関係の一般市民だったわけなのだが……。

「本当に、彼女が？」

驚きで目を見開く黒木に、烏丸は「恐らく、ですが」と前置きをする。

「この事件には真犯人の他に、三人の人間が関わっています。一人目は、実行犯に選ばれた上条さん。二人目は、誘拐された健吾様。そして三人目は、人質になっている紬さんです。この三人と明確な接点を持つ人間を、今までの交友関係で抽出すると――」

「そういえば、上条さんが『森下さんはお孫さんの幼稚園の先生だった』って、前に！」

興奮したようにそう言う黒木に、烏丸は頷いた。

「はい、私はその方しか知りません。ついでに言うと、彼女ならば紬さんも警戒心を抱かないでしょうし、子どもの扱いにも慣れているでしょうから、彼女を攫いやすくもある」

「昼間の公園で、親にバレずに子どもを攫うって、思ったよりも簡単じゃないですしね」

烏丸は難しい顔で腕を組む。

「『恐らく』と言ったのは、私は健吾様のところに来て一年も経っていませんので、それ以前の人間関係を把握していないからですね。しかし、今このタイミングで起こったのですから、ここ半年以内に知り合った人間が犯人だと考えるのが妥当ではないかと思います。とすると、犯人は森下みどりさんで間違いありません」

烏丸の断言に、長巻はいきり立った。

「わかった！　森下みどり宅に一組向かわせればいいんだな！　あとの一組は？」

「あとの一組は、私が今から言う人を調べてください」

「え？　みどりさんではなく、ですか？」

「はい」と、烏丸の切れ長の目がさらに目が細くなる。

「私の予想が正しければ、この事件、もう一悶着ありますよ」

7

犯人からその指示があったのは、恐らく、お昼過ぎだった。

『恐らく』と述べたのは、それが健吾には聞こえないやりとりだったからで。しかし、その電話の直後から、上条の行動が明らかに変わったからだった。

『地図の場所に行け』

きっとそんな風に指示されたのだろう。それまで高速道路をぐるぐると回っていた上条は、その電話以降、すぐに高速道路を降りた。そして、スマホの地図アプリを頼りにどこかに向かい出す。こんなことになるとは思っていなかった健吾は質問もできないまま、上条の運転する車に揺られるしかできなかった。

そうしてたどり着いたのは、雑木林の中にある一軒の廃屋だった。

腐った木でできたその小さな平屋は、ほったて小屋と言っても差し支えがないほどの様相を呈していた。ずれた瓦が今にも落ちてきそうだったし、白かった壁はくすみ、ツタが這っている。

車を降りると電話がかかってくる。上条は健吾が隣にいるのもいとわず電話を取った。

上条の耳に当てたスマホから、変声器越しの声が聞こえてくる。

「スマホは、建物の入り口が見えるようにそこの木の枝にかけておけ。何があっても逃げようなんて考えるんじゃないぞ？　逃げたらその瞬間、人質を殺すからな」

それだけ言って電話が切れた。『何があっても』？　そこは『くれぐれも』ではないのだろうか。それだとまるで、中に『見たら逃げたくなるもの』があるみたいじゃないか。

上条は指示どおりにスマホを入り口が見えるように側の木の枝にかけた。そして、健吾を連れ立って廃屋に入る。

廃屋はもう人が住まなくなってずいぶんと経っているようだった。粉雪のような埃が舞う廊下を二人は靴を履いたまま歩く。床が一部抜けそうになっていたり、壁が剝がれていたりしたが気にせず進むと、すぐに大きな空間に出た。

しかし、そこで見つけたのだ。『見たら逃げたくなるもの』を……。

「なんで……」

そこには死体があった。胸に包丁が突き刺さった女性の死体である。おびただしい血液が床に広がり、女性は白目を剝いて事切れていた。しかもその女性に、二人は見覚えがあったのである。

「森下、みどりさん……？」

健吾は震える声で、もう動かないそれに呼びかけた。

8

昼にあった犯人からの指示は『メールで送った地図の場所へ行け。次の指示があるまで、そこにある廃屋の中で待ってろ』というものだったらしい。

二人は遺体を前にしゃがみ込む。側にスマホがないので特に行動も制限されないが、それでも自由はこの廃屋の中だけだった。窓には内側からも外側からも木材が渡してあり、とても開けることはできない。手足のロープは上条の一存で外してもらっていた。

「悪かったな、巻き込んじまって」

そう言ったのは上条だった。健吾は首を振る。

「上条さんは悪くないですよ‼　悪いのは犯人ですから！　それに今回は、どちらかといえば俺の方が、上条さんを巻き込んだって感じですし……」

「いや、しかし……」

「上条さんも知ってると思うんですが、身代金目当てで誘拐って、俺にとっては昔からよくあることなんですよ。家が無駄に大きいので、たくさんお金が取れるって思われるんでしょうね。そもそも俺の父は行方不明だし、叔父はイギリスだし、俺が誘拐されても対応のしようがないんですが。それを知らない人も多くて……」

「しかし、これはただの身代金目的の誘拐ってわけじゃないみたいだぞ？」

「そう、ですね」

二人は目の前にある死体に視線を移した。

身代金目的の誘拐ならば、ここに遺体があるのはおかしい。

「犯人の目的はなんなんだろうな……」

「考えられるのは、この遺体の処理を俺たちにやらせようとしている……とかですかね？」

「それなら、健吾くんを誘拐させた理由がわからないだろ？　女性の遺体ぐらい、俺一人でなんとかできる」

「それじゃ、俺たちをこの殺人事件の犯人にしようとしているとか？」

「だとしても、君を巻き込む訳がわからない」

そうなのだ。この死体を見つけるまで、健吾は自分を誘拐した目的は、身代金だと思っていた。しかし、それならば犯人が自分たちをここに連れてきて、遺体を見せた理由がわからないのである。先ほど言ったように遺体の処理をさせたり、この殺人事件の犯人に仕立てるのならば上条だけで十分なので健吾を誘拐させた意味がわからないし、それ以上に高速道路を何時間も走らせた理由がわからない。

（それに、俺たちを殺人事件の犯人に仕立て上げるにしても警察にこれまであったことを話せば、容疑は簡単に晴れるはず。犯人が凶器に、何かしらの俺たちが殺したと思わせる証拠を残していたとして、それも証言さえできれば……）

「ぁっ！」

その時、健吾は何かひらめいたように顔を跳ね上げた。そして、上条の手首を摑む。

「ヤバいです！　上条さん、今すぐここから出ましょう」

「は⁉　どういうことだ？」

「俺たち、このままじゃ殺されます‼」

そう言うと同時に、部屋と廊下を隔てる扉の隙間から煙が入ってくる。扉を開ければ、もう玄関には煙が充満していた。家に火がつけられているとみて間違いないだろう。

「どういうことだ⁉」

「犯人は、死体の処理と俺たちに犯行をなすりつけるのを同時に行おうとしてるんです！」

火をつければ、死体は燃える。そして、健吾と上条も殺せる。

物言わぬ死体になった二人に犯行をなすりつけるのは、生きている二人に犯行をなすりつけるよりもはるかに簡単だろう。さらに森下の死体が燃えれば、本当に彼女を殺した犯人の痕跡も綺麗さっぱり消えてしまう。まさに一石二鳥。

犯人はきっと『上条と健吾が共謀して、森下みどりを殺した』というストーリーを作り上げたいのだ。

(いやでも、上条さんの家族は上条さんが操られていることを知っているわけだから、ここで俺たちが死んだとして——って、今はそんなことを考えている場合じゃない！)

繋がりかけた推理をほっぽり出して、健吾はハンカチを口元に当て、玄関まで行く。そして、扉を蹴った。しかし、何度蹴ってもびくともしない。どうやら外から何かされているようだ。

「健吾くん、玄関から離れろ！　煙を吸うぞ!!」

「だけど！」

「こっちよりも窓を破る方法を考えた方がいい」

「わ、わかりました」

上条の指示に従い、部屋に戻ってくる。しかし、それで炎の脅威から逃れられるわけではなかった。なんと、窓の外にもオレンジ色の光がチラチラと見えるのだ。先ほどまでそちらの方に炎は見えなかった。つまりそれは、犯人が先ほどまで近くにいて、窓の方にも火をつけたということだった。

(やばいやばいやばい……)

まだ火は入ってきていないが、煙は充満してきたし、部屋の温度はどんどん上昇している。このままでは一酸化炭素中毒で死ぬ前に、火で焼かれて死ぬ前に、蒸し焼きになって死んでしまう。

（このままじゃ――）

そう、死を覚悟したときだった。

「健吾！　窓から離れてください！」

幻聴かと思った。しかし健吾は反射的に窓から距離を取る。

次の瞬間、窓と木造の壁がとんでもない音とともに崩れ去った。反射的に瞑ってしまった目をこじ開ければ、一台の黒い車が頭から突っ込んでいるのが見える。

そして、車の運転席から降りてきたのは――

「お迎えに上がりましたよ、健吾様」

そこには、なぜか怒ったように眉を寄せる烏丸がいた。

そして、助手席には目を回す黒木も――

9

失敗した。失敗した。失敗した。

男は走っていた。いや、追い立てられていた。

二人を助けに来た彼らが追ってきているかどうかはわからなかったけれど、それでもきっと追いかけてくるだろうという予想の下、彼は雑木林の中を駆け抜ける。

木々を、草を、藪を、かき分けながら、道なき道を進む。

車は置いてきてしまった。だって、まさかあんなに早く助けが来るとは思わなかったのだ。最後の仕上げにと建物に火をつけている最中に助けが来るだなんて、一体誰が予想できただろう。だから、男は慌ててその場を離れてしまったのだ。車のエンジンをかけている暇なんて僅かもなかった。

男は走りながら、下唇を噛みしめる。

(この調子だと、彼女の部屋にいた人質の子は、もう保護されたんだろうな……)

いずれ、彼女のことは、森下みどりのことはバレるだろうと思っていた。だってそういうつもりで馬鹿な彼女をそそのかし、こんなことをさせたのだから。いや、させたというのはおかしいかもしれない。彼は彼女が考えていた計画に、乗っただけ。実行するはずではなかった計画に、考えやアイディアを授けただけ。

結局実行ボタンを押してしまったのは、森下なのだ。

それが自分の命を消すボタンだとはつゆ知らず。

(だって、彼女が悪いのだ。俺を騙した彼女が、全て悪い――)

森下のせいで自分は全て失ったのだ。妻も、子も、職も、家も、金も。

だから、これは天罰なのだ。与えられるべくして、与えられた罰なのだ。しかし、現代の日本で人が天罰を下すことは許されていない。いや、天の罰なのだから、そもそも人が与えた罰は天罰ではないのか。

ともかく自分は、法的には許されないことをした。だから逃げているのだ。

今ならなんとかなるかもしれない。

（でも、もしかしたら——）

そんな希望が男にはあった。

あの二人を助けにやってきた人間たちは、建物が燃えていることに気を取られて、逃げていく自分を見ていなかったはずだ。乗ってきた車も森下みどりがレンタカー店から借りたものだし、自分が乗ってきたという証拠は車内に残していない。

それにどれだけの人間が、森下みどりと自分を繋げることができるだろうか。リストには名前が上がるかもしれないが、きっとすぐに自分にはたどり着かない。彼女を恨んでいる人間なんて他にごまんといるからだ。

息が切れてきた。

喉の奥からヒューヒューと変な音がする。血の味もしてきた。

男は肩で息をしながら、目の前に立ちはだかる藪をかき分ける。すると、急に視界が開けた。雑木林がそこで終わっていたのだ。その代わりに前方には崖、下には急流が流れていた。どうやら逃げている間に、随分と山を登ってきてしまったらしい。

「やばいな……」

男は汗を頬に滑らせながら左右を確かめる。すると視界の奥に、向こう岸に渡るための吊り橋を見つけた。それはかつて、この辺に住んでいた人たちが生活のために使っていたものだろう。長年手入れされていないためか、ロープはすり切れていて、踏み板は薄かった。

（いかにも落ちそうだな……）

しかし、どれだけ吊り橋が心許なくとも、ここで足を止めるわけにはいかない。

ポジティブに考えれば、向こう岸へ渡って橋を落としてしまえば、とりあえずの難は逃れられるということになる。

男は意を決して吊り橋の方向に一歩踏み出した。しかし、その時――

「そこまでですよ、中之島圭祐（なかのしまけいすけ）さん」

男の名を呼ぶ声がした。

振り返れば、鬱蒼とした雑木林に、まったく似つかわしくない男が立っている。

最初に目を引いたのは、まるで普段着のように着こなしている燕尾服だ。この雑木林を抜けたにしては、少しも汚れていないそれは、まるで空を飛んできたのかと思うほど。

次に目を引いたのは、異様なほどに整った相貌。長い手足。

そして最後に、小脇に抱えている一人の青年――

（花京院、健吾――）

それは、先ほど彼が殺し損ねた青年だった。

10

「そこまでですよ、中之島圭祐さん」

その烏丸のセリフを聞いた、健吾の最初の感想は――

(え、それ誰?)

だった。

だって、当然だろう。本当に初めましての名前だったのだから。ついでに言うと、目の前で狼狽えている、眼鏡をかけた真面目そうな男とも初めましてだ。まぁ、人を殺しているだろう男なので、真面目とはほど遠いのだが、見た目はそんな感じである。

健吾は助け出されてすぐ、燃える廃屋と森下みどりの死体を黒木と上条に任せ、烏丸とともに彼が見たという真犯人を追って雑木林に入った。途中、「このままでは逃げられますね」と烏丸の小脇に抱えられ、ビルの上を飛んだいつかと同じように、ひとっ飛びでここまでやってきたのだが、まさかここに来て正真正銘の〝初めまして〟を経験するとは思わなかった。

ミステリードラマならばこういうときのオチは、『序盤から出ていた、主人公が一番信頼している人間』か『最初からいた、脇役か端役だと思っていた人物』といった、『元々いたけれど、いかにも犯人ではなさそうな人』が犯人であることが多い。しかし、目の前にいる男に、健吾は見覚えがなかった。同じ街に住んでいるのならばすれ違ったことくらいはあるかもしれないが、本当にそれぐらいだ。

けれどまぁ、現実はこんなものなのかもしれない。正直、拍子抜けしてしまったが、小説のように、ドラマのように、漫画のように、現実にエンターテイメント性を求めるのは、違うだろう。どうして自分が狙われたのか、どうして森下が殺されたのか、それはわからないけれど。もしかしたら自分は、どこかで彼の恨みを買うようなことをしてしまったのかもしれないし、森下も彼に何かをしてしまったのかもしれない。

そういう規則性のない理不尽さが、現実というものだ。

「何を考えているのか大体わかりますが。健吾、あなたは彼のことを知っていますよ」

心を読んだかのような烏丸の言葉に、健吾は「え？」と呆けたような声を出した。

それと同時に腰に回していた手を離され、地面に投下される。

急に重力が戻った健吾は、顔を地面に押しつけるすんでの所で、両手を前についてそれに耐えた。膝はもうぬかるんだ地面を抉（えぐ）っている。

「知っている、といっても、名前も、顔も、今日が初めてでしょうが……」

「どういうことだよ！」と四つん這いの健吾。

烏丸はそんな彼を見下ろしながら、片眉を上げげた。

「森下さんが、以前、幼稚園に勤めていたことは覚えていますか」

「あぁ、うん。園児の保護者に手を出して、辞めさせられたか、辞めたかしたんだろ?」

なんでそんなことを聞くんだろう。そう思ったのは、一瞬のこと。健吾はすぐさま答えにたどり着き、驚愕に見開いた目を正面の男に向けた。

「――って、え!? まさか」

「はい、そのまさかです。彼は、森下さんが幼稚園を辞めるきっかけになった、園児の保護者さんです」

健吾は立ち上がり、信じられないというような顔で、男――中之島のことをもう一度、まじまじと見る。彼はその烏丸の言葉を肯定するように、明らかに動揺していた。まともに立てていないし、目も泳いでいる。言い当てられるとは思わなかったのだろう。

「あなたは森下さんと不倫をしたあと、奥さんから離婚を切り出されていますね? そのことを会社に知られ、居心地が悪くなったあなたは、会社をも辞めざるを得なくなった。……そしてこれは憶測になりますが、あなたは森下さんにもお金を要求されていたんじゃないですか? 『あなたのせいで、私は仕事を辞める羽目になった』なんて言われてね」

そういえば二ヶ月前、森下は、その時不倫をしていた黄島とは別の男性から〝資金援助〟を受けていると言っていた。その時はてっきり別に恋人がいると思っていたのだが、まさかそれが中之島だったのだろうか。

思わぬところで繋がった事件に、健吾は言葉も出ないまま呆けてしまう。そんな彼を置き去りにして、烏丸はさらに続けた。

「森下さんに全てを奪われたと思ったあなたは、彼女を殺すため、彼女が元々計画していた健吾の誘拐に乗ったんですね？」

「……どういうこと？」

「つまり、上条さんを使い健吾を誘拐しようとしていたのは、中之島さんではなく森下さんだったってことですよ。二人は共犯者だったんです」

いきなり〝被害者〟から〝共犯者〟に躍り出てきた森下に、健吾は口を半開きにさせたまま固まってしまう。

「私がとあるツテに調べてもらったところ。ここ数ヶ月、森下さんは反社会的勢力の息がかかった貸金業者から多額のお金を借りていたようです。どうやら、最近はホストクラブにはまっていたようですね。その借金で彼女は首が回らなくなっていた。健吾の誘拐を考えた動機はきっとこのあたりでしょう」

「……とあるツテ、ってなんだよ」

「本当なら警察の方に調べてもらう予定だったのですが、どうにも忙しそうだったので。親愛なる友人に頼んで調べていただいたんですよ」

八方だ。健吾はそう瞬間的に理解した。たった数時間で警察も驚くほどの情報をかき集めることができる人間。健吾が知る限り、そんなことができるのは、あの〝稀代の人たらし〟しかいない。

「私が考える、中之島さんと森下さんの行動はこうです。まず中之島さんは偶然、森下さんの『健吾様誘拐計画』を知った。もしくは、森下さんの話を聞き、二人で計画を練ったのかもしれません。なんにせよ、主犯は森下さんだったと思います。中之島さんは森下さんから話を聞くまで、健吾のことも上条さんのことも知らなかったでしょうからね。まぁ、ともあれ二人は共犯関係になった。森下さんは花京院家から身代金を取るため、中之島さんは森下さんを殺すため、二人は手を組むことにしたんです」

烏丸はしたり顔で腕を組む。

「中之島さんが最初に提案したことは、恐らく役割分担だと思います」

「役割分担？」

「中之島さんはうまく森下さんを誘導し、彼女に『紬さんの誘拐』と『その保護』をお願いしたんだと思います。そして自分は『花京院家への連絡』と『上条の誘導』を担当するようにした。『花京院家への連絡』というのは、もちろん身代金の要求です。しかし、彼はそれを担当したにもかかわらず、花京院家に身代金要求の電話をかけてきませんでした」

「なんで？」

「時間が必要だったからですよ」

健吾は眉をひそめながら「時間？」と首を傾けた。

「中之島さんには『健吾たちが高速道路を走っている間に、森下さんを殺す』という目的があった。さらに言えば、『その罪を上条さんに着せる』という計画もね。そのためにはある程度の時間が必要となる。だから、警察の介入を遅らせる必要があったんです」

烏丸は人差し指を立て、まるで、子どもに説明するように言葉を噛み砕く。

「上条さんのご家族に誘拐の件が知られるのは仕方がないにしても、花京院家に誘拐のことを知らせるメリットは、中之島さんにはない。もし知らせてしまった場合『警察に知らせないように』とコントロールしなくてはならない家族が二つに増えてしまうだけですからね。むしろデメリットです。それに、中之島さんが花京院家への連絡を担当しているので、連絡をしなくても森下さんに知られる危険性はありませんし、何か聞かれたら『もう少し時間が欲しいと言っている』とか『もうすぐ身代金が用意できるみたいだ』とか適当なことを言ってやり過ごせばいいんですから、簡単です」

烏丸は、今度はその立てた指先を、目の前で狼狽える中之島に向ける。

「そうしてあなたは、ある程度時間が経ったことを確認して、森下さんに『身代金を受けとりに行ってきてほしい』と頼みます。森下さんはもしかしたら難色を示したかもしれませんが、そこは『自分が二人分のアリバイを作っておく』とか『置いてきてもらうように言ってるから、危険性はない』とかなんとか言ったんでしょう。森下さんはそれを信用し、あの廃屋に向かい、後ろから付いてきたあなたに殺されたんです」

「その後、俺たちが来て、中之島さんは俺たちもろとも廃屋に火をつけたってことか？

……でも、なんで？」

「その理由は先ほど言いましたよ。……上条さんを森下みどり殺しの犯人に仕立て上げるためです」

健吾は目を見開いた。どうやら、穴だらけの推理が合っていたらしい。烏丸が『上条さんを』としたところを、健吾は『二人を』と推理したが、その辺はご愛敬だ。

中之島は未だに一言も発しない。彼はただ唇を嚙みしめながら、烏丸の話を聞いているだけだった。

「中之島さんの考えたストーリーは『上条さんは健吾を受け渡すために、あの廃屋で森下さんに会っていた。そこで口論になり、上条さんは誤って森下さんを殺害。気が動転した上条さんは健吾を道連れに、あの廃屋で焼身自殺を図った』って感じでしょうか」

そんな烏丸の言葉に健吾は怪訝な顔をする。

「いや、上条さんがそんなことするか？　誤って殺してしまったとして、自殺するような人じゃないだろ？　しかも誰かを道連れにして……」

「まぁ、実際に上条さんと会ったことがある人はそういう反応ですよね。ただ、森下さんのパソコンから『廃屋で健吾の受け渡しをする』旨が書かれた計画書が出てきたらどうでしょう。警察はどうしても証拠の方を信じてしまうんじゃないですか？　それがたとえ『誘拐被害者の受け渡し』という非効率極まりない内容の計画書であっても、犯人が常に効率のいい方法を選ぶとは限らないわけですし。森下さんも上条さんも死んでいれば、警察としてはその証拠を信じるしかありませんからね」

そこまで一気に説明すると、烏丸は後ろで腕を組んだ。

その顔には余裕しか浮かんでいない。

「ってことで、チェックメイトです、中之島さん。別にごねても構いませんが、ここまで事実がわかっていれば、あとは優秀な警察の皆さんが、いくらでも証拠を見つけてくださいますよ？　何より現場からあなたが逃げたという、動かぬ証拠がありますし。あなたが乗ってきた車だって、回収したスマホだって、警察が調べれば、あなたが使用した痕跡はいくらでも見つけ出せるでしょう。……従って、大人しく投降した方が身のためですよ？」

中之島は奥歯を噛みしめる。結構離れているにもかかわらず、その噛みしめた音が聞こえてくるかのようだ。

烏丸は動かない彼に「どうしますか、中之島さん？」と問いかける。

その瞬間、彼の感情が爆発した。

「お、俺は、悪くない！　悪くないんだ！　アイツが、アイツが全部――」

そう叫んだ彼は踵を返して走り出す。この行動は烏丸にも予想外だったようで「おや」と驚いたような顔をしていた。

そのまま中之島は架かっていた吊り橋を渡り出す。木が腐っていそう、とか、ロープがちぎれそう、とか、そんなことはお構いなしだ。しかし、やはりその判断は間違っていたようで、彼が橋の半ば辺りまでたどり着いた瞬間――

「うわぁあぁぁぁっ！」

彼の足が、腐った木の板を踏み抜いた。

気がつけば彼は、ロープを握っている両手だけで自分の体重を全て支えていた。彼が手を離せば、その身体はすぐさま急流へと落ちてしまうだろう。その場合、命はどうなってしまうかわからない。

「中之島さん！」

「これは、予想外ですね」

焦る健吾を尻目に、烏丸はどこかあっけらかんとしていた。

そんな彼の服の袖を、健吾は引っ張る。

「烏丸、助けるぞ！」

「なぜ？」

「なぜって……」

思わぬ切り返しに健吾は黙ってしまう。

そんな彼を尻目に、烏丸は軽く肩をすくめてみせた。

「もしこのまま彼が死んだとして、それは自業自得じゃないですか。大体、私の食事に手を出す、あの方が悪いんです。助ける義理なんてありませんよ」

「じゃあ、いい！　俺が一人でも――」

「だめです」

飛び出しかけた健吾の襟を、烏丸が掴む。首が絞まった衝撃に、健吾は「ぐぇっ」とかえるが潰れたような声を出した。

「せっかく助け出したというのに、こんなところで死なれてはかないませんからね」

「ちょ、烏丸！　放せって！」

「駄目です。それにあの吊り橋、中之島さんが後先考えずに渡ったことにより、もう限界を迎えています。健吾が渡れば彼の二の舞になるのは火を見るよりも明らかですよ」

そう言って烏丸は健吾を小脇に抱える。健吾は抵抗をするが、人外である烏丸に力で敵うはずもない。吊り橋の方からは「助けてくれ！」という悲痛な叫び声が聞こえてくる。

「そんなに心配しなくても大丈夫ですよ。黒木さんに言って、捜索はしてもらいますから」

「だからって、見捨てるわけにいかないだろ！」

「相変わらず、何を言っても聞かない人ですね。見捨てる見捨てない以前に、あれはどうしようもないんだって言ってるんですよ。健吾がどれだけあの方を助けたくても、それは無理なんです。不可能なんです」

烏丸のその言葉に、健吾は「それなら……」と下唇を噛みしめる。

「それなら！　烏丸なら、なんとかできるんじゃないのか？」

「……まぁ、それは。できないことも、ありませんが……」

「じゃあ、助けてくれ！」

「嫌です。なんで私が、あんな人を助けないといけないんですか」

即答され、健吾は烏丸に抱えられたまま悔しそうに顔を歪める。

そして、最後の抵抗といわんばかりに、彼は声を張り上げた。

「もし、今ここで中之島さんを助けてくれなかったら、俺は今後ずっと、夕食をファストフードにするからな！」

「は？」

烏丸がこれでもかと低い声を出す。そして、まるで信じられないものを見るかのような目で健吾を見下げた。

「あなたは、私に死ねと？」

「もう夜も毎日、日付が変わってから寝るし！　朝食も食べないし、野菜も食べない！　夕食を食べてから三十分以内に寝るようにするし！　運動もしない‼」

健吾の脅しに、烏丸は頬を引きつらせたあと、ガシガシと頭を掻く。

弱った、というような顔をする烏丸に、健吾は唇を尖らせる。

「それでも駄目なら、もう一回契約する！」

「……彼を助けるためにですか？」

「俺の血でなんとかなるなら、助けるに決まってるだろ」

健吾の断言に、烏丸は、はぁ、と呆れたようにため息を吐いた。

「お人好しも大概にした方がいいですよ。なんであんな人のために、あなたがそこまでするんですか。言っておきますが、人には失血死というのがあるんですよ？　もし私が――」

「別に、中之島さんのためじゃない」

健吾の言葉に、烏丸は両眉を上げた。

「俺は、たとえどんなに悪いやつでも、俺のせいで誰かが死んだなんて思いたくないだけだ」

事件は自分のせいで起こっているわけじゃない。

その事件で誰が死のうが自分のせいじゃない。

そんなことはわかっている。だけど、それでも俺がこんな体質じゃなかったら……と考えてしまう自分がいるのも、また事実なのだ。

それに、助けられた人を助けなかったという後悔は、きっと今後一生残るだろう。そんな十字架を背負わなくていいのなら、血なんて少しも惜しくない。そのせいで死んでしまったとしても、きっと後悔はない。

烏丸は、再び大きくため息を吐いた。そして、小脇に抱えていた健吾を地面に下ろす。

「わかりました。でも、こんなの毎回毎回できると思わないでくださいね」

「うん。わかってる」

「あと、対価は前払いです」

「……え？」

反応する前に、囓られた。

首の頸動脈を、彼の鋭い牙が穿っている。

「い――」

それは思わず飛び上がってしまうほどの痛みで、次いで、血が抜かれているためだろう、意識がもうろうとしてくる。首の生暖かい感覚は不快ではないけれど、耳元で聞こえる彼の嚥下音は、なんだか少し恐ろしかった。

実に吸血鬼らしい方法で食事を摂り終えた烏丸は、健吾の首元から口を離した。そして、唇に付いた血を親指で拭う。彼の白い手袋が親指だけ真っ赤に染まった。

健吾は貧血でふらふらになった身体で、烏丸に追いすがる。

「お前、人に齧りついたりはしないいんじゃないのかよ……」

「あなたは少々、痛い目をみた方がいいでしょう？　……これ以上、人に心配をかけないためにもね」

心配？　もしかして彼は、健吾の心配をしたとでもいうのだろうか。

身体の力が抜ける。血を抜かれすぎるということはこういうことなのだと、身をもって知った。これはまさしく失血死一歩手前だろう。

「眠っていて大丈夫ですよ。契約はちゃんと守ります」

途切れかけた意識の奥で、烏丸が笑う。

「だって私は、善良な吸血鬼ですからね」

エピローグ

病院で目が覚めたときには、全てが終わっていた。

攫われていた紬も、橋から落ちかけていた中之島も、上条も、黒木も、みんな無事だった。

中之島だけは、何か怖いものでも見たのか混乱しているようで、「悪魔が……」とか「鬼が……」とかしきりに言っていたらしいが、それでも身体に異常はなく、ちゃんと罪も認めたらしい。

そんなこんなで、殺された森下以外で一番無事じゃなかったのが、健吾ということになったのだが……。

「まったく、あれぐらいの量で貧血とは情けないですね。しかも入院までするだなんて。健吾。実はあなた、身体が弱いんじゃないですか？」

「検査入院だって言ってるだろ。あと、アレはお前が飲みすぎたんだ！　俺の身体が弱いわけじゃない！」

ベッドの側で悪態をつく烏丸に、健吾はそう口をへの字にする。

健吾は犯人の追跡中に貧血を起こして倒れてしまった、ということになっていた。首筋の痕は、あの鋭くて太い犬歯で噛まれたとは思えないほどほとんど残っておらず、その説明を烏丸に求めたところ「まぁ、私たちはそういう生き物ですから」と答えなのかなんなのかわからない返答をしていた。よくわからないが、どうやらそういう仕様らしい。

健吾がいる部屋は、普通なら総理大臣や各国のＶＩＰが泊まるような個室で、健吾が入院したという話を聞いて、慌てふためいた八方が用意してくれたものだった。

なので部屋も広いし、ベッドも大きい。

「でもまぁ、今日の検査が終わったら帰れますね」

烏丸はベッドの側に置いてある椅子の上で、その長い足を組み替える。

「あー！　帰りたくない」

「またそんなことを言って。このままじゃ、出席日数が足りなくて大学の単位落としてしまいますよ」

「でもここから帰ったら、また、傷害事件の被害者になったり、窃盗事件の犯人とたまたま居合わせたり、殺人事件に巻き込まれたりするんだろ？　もう。考えただけで面倒くさい」

健吾は布団を頭まで引き上げながら、弱音を吐く。

そんな彼の珍しい姿に、烏丸は困ったように眉を寄せた。しかし口は、僅かに弧を描いている。

「まぁ、それがあなたの運命ですから、仕方がありませんよね」

「お前な、他人事（ひとごと）だと思って……」

「他人事だなんて思っていませんよ」

烏丸の口元に楽しそうな笑みが滲む。

「だって、私にはあなたを立派な〝名探偵〟にする義務がありますからね」

彼がそう軽やかに言った直後──

「きゃあああぁぁぁ!!」

耳を劈くような悲鳴が病院内に轟く。

人の死に最も近い施設──病院でこの悲鳴とは、相当な何かが起こったに違いない。

「おやおや」と余裕の反応を見せる烏丸に対し、健吾は嫌な予感を頬に滑らせた。

その数秒後、健吾に持ってきたのだろう花束を抱えた黒木が、血相を変えて部屋に飛び込んできた。

「健吾さん！　事件ですよ!!」

「あーもう！」

予想していた事態に健吾はベッドの上で大の字になる。

そんな彼に、烏丸はやっぱり楽しそうな、笑みを含んだ声を落とす。

「それでは行きましょうか、健吾様」

完

この物語はフィクションです。
実在の人物、団体等とは一切関係がありません。
本作は、書き下ろしです。

桜川ヒロ先生へのファンレターの宛先

〒101-0003　東京都千代田区一ツ橋2-6-3　一ツ橋ビル2F
マイナビ出版　ファン文庫編集部
「桜川ヒロ先生」係

吸血鬼にご用心

2021年8月20日　初版第1刷発行

著　者	桜川ヒロ
発行者	滝口直樹
編　集	山田香織
発行所	株式会社マイナビ出版
	〒101-0003　東京都千代田区一ツ橋2丁目6番3号　一ツ橋ビル2F TEL 0480-38-6872（注文専用ダイヤル） TEL 03-3556-2731（販売部） TEL 03-3556-2735（編集部） URL https://book.mynavi.jp/

イラスト	縞
装　幀	神戸柚乃＋ベイブリッジ・スタジオ
フォーマット	ベイブリッジ・スタジオ
ＤＴＰ	富宗治
校　正	株式会社鷗来堂
印刷・製本	中央精版印刷株式会社

ISBN978-4-8399-7509-8
Printed in Japan

百物語先生ノ夢怪談

不眠症の語り部と天狗の神隠し

著者／編乃肌
イラスト／TAKOLEGS

怪談師・百物語レイジとともに霊がもたらす謎を解き明かすオカルトミステリー

姉の神隠し以来、霊が視えるようになった二葉。
怪談師・百物語とともに神隠しの真相を解き明かすオカルトミステリー

Fan
ファン文庫

天狗町のあやかしかけこみ食堂

著者／栗栖ひよ子
イラスト／細居美恵子

和服イケメンの紅葉とともにあやかしたちの
悩みを解決していく――ほかほかグルメ奇譚！

祖母から食堂『ほたる亭』を引き継いだのだが…そこは、人間だけではなく神様もやってくる食堂だった…!?

Fan
ファン文庫

ニシキタ幸福堂
なりゆき夫婦のときめきサンドウィッチ

著者／烏丸紫明
イラスト／ななミツ

兵庫県の西宮を舞台に
かりそめ夫婦が紡ぐ心温まる物語

咄嗟についた嘘がきっかけで父が営んでいたサンドウィッチ専門店『幸福堂』を受け継ぐことになった晶。そのお店は“幸せな味”であふれていた――。